アキラとあきら　下

池井戸　潤

集英社文庫

目次　下

上巻目次

主な登場人物

山崎（やまざき）　瑛（あきら）　町工場の少年

階堂（かいどう）　彬（あきら）　海運会社経営者一族の御曹司

階堂雅恒（まさつね）　彬の祖父

階堂一磨（かずま）　彬の父親

階堂晋（すすむ）　彬の叔父

階堂崇（たかし）　彬の叔父

階堂龍馬（りょうま）　彬の弟

山崎孝造（こうぞう）　瑛の父

保原茂久（やすはらしげひさ）　瑛の父の工場の従業員

三原比呂志（みはらひろし）　瑛の小学生時代の同級生

アキラとあきら　下

第八章　ロザリオ

1

　元来物持ちがいいほうだが、押し入れの中を整理していたら、小物を集めて保管していた段ボール箱の中から、ロザリオが出てきた。

　これにはさすがの瑛（あきら）も驚いた。もうとっくに無くなってしまったものと思っていたからだ。

　いや、そもそも瑛自身、そのロザリオのことなど、幼い頃の記憶の底に埋もれ、長いこと忘れてしまっていた。

「ヤスさん……」

　そのとき瑛は、吉祥寺（きちじょうじ）にある銀行の独身寮の一室で、かつて、瑛の父が経営していた工場に勤めていた保原茂久（やすはらしげひさ）の、人なつこい顔を思い出してしばし感慨に浸った。

　あれから、ヤスさんがどんな人生を送ったのか、瑛は知らない。そしてヤスさんも、瑛がいままでどんな人生を送ってきたか、知らないと思う。

瑛がなんとか大学を卒業して銀行に入り、企業向けの融資を担当して二年になるといったら、どんな顔をするだろう。好きなタバコをくわえ、驚きに目を見開きながら、少し複雑な表情をするのかも知れない。

もう少し早く銀行に入ってお父さんの会社を助けてやればよかったなあ——ヤスさんならそんなことをいいそうだ。

きっとヤスさんにとっても、銀行はある意味、敵だったと思う。父が申し込んでいた融資のために、幾度も訪れてきていた支店長や担当者は、父の会社を冷ややかに眺めていた。それは子供だった瑛にも感じられたのと同様、従業員であるヤスさんにも感じられたはずだ。

困っている人がいたら手を差しのべる——。

クリスチャンのヤスさんにしてみれば、そんな当たり前のことすらしない銀行員という存在は理解を超えたものだったかも知れない。

ヤスさんは、会社を去る最後の日まで、瑛と千春(ちはる)を可愛(かわい)がってくれた。そして、父にも母にも、ひと言も恨みがましいことをいわずに去っていった——。

誠実で優しい人だった。

ヤスさんのことは忘れていても、幼い日々に培われたそうした感情は瑛の心に染み込んで、人を、あるいは会社を判断するときの基準になっている。

その基準は、銀行に入り、会社にお金を貸すのが仕事になった今も、いや、今だからこそまさに、瑛にとってより大切なものになった。

会社がどんな状態かは、数字を見ればわかる。売上げが増えているか、利益は出ているか——そういったことは、財務諸表に記載される金額を見れば一目瞭然だ。だが、とても大切なことなのに、数字をいくら眺めてもわからないものがある。

それは、人の心だ。そして、その胸の内である。

カネは人のために貸せ——とは、入行時の新人研修で、当時融資部長だった羽根田(はねだ)の言葉だ。

羽根田のいう「人」が、果たして社会全体としての人を意味するのか、それとも取引先の経営者本人や従業員たちを意味するかは不明だが、人がすべての中心だという発想は、そのとき瑛の腹にすとんと落ちた。

2

呉服橋(ごふくばし)に近いその雑居ビルは、永代(えいたい)通りをひとつ入った通りに面していた。

「閉」のボタンを押すと、揺れながら三階まで上昇したエレベーターは、「故障したんじゃないか」と心配になるほどしばしば動きを止め、ゴトゴトッという音とともにそのドアを開ける。

薄汚れたそのフロアに、井口ファクトリーの事務所はあった。

社長の井口雅伸が、五年前、大手メーカーの研究職から独立して設立した機械設計の会社である。

会社の売りは、三次元CADを駆使した最先端技術だ。社長自らがそれを専門とするエンジニアで、従業員は三人。経理や雑用は井口の妻、由子が仕切っている。子供はふたり。上が男の子で小学五年生、下は女の子で幼稚園の年長さん。四人家族は、親が買った世田谷の一戸建てに住んでいた。

「ああ、いいところに来てくれた、山崎さん。いまちょうど電話しようかと思ってたところなんだ」

瑛が顔を出すと、奥から人なつこい顔をして井口が立ってきた。

狭いオフィスの片隅に、パーテーションで仕切られた小さな四人掛けのテーブルがあり、それがミーティングと応接を兼ねるスペースになっている。

「実は、来月あたり足りなくなりそうなんで、またお願いしようと思って」

融資の話である。

手提げカバンからノートとボールペンを取り出しながら、「おいくらですか」、と瑛はきいた。

「実はいま受注している案件が、なかなか難しくてね。外注費の立て替えが長引いてるんだ。本当は今頃には入ってなきゃいけないものなんだけど……。できれば三千万円ぐらいお願いできないかな」

ノートにその金額を書き付けながら、微妙な金額だな、と瑛は思った。

井口ファクトリーは売上げ五億円にも満たない会社で、一昨年は赤字、去年は黒字になったものの利益は五百万円だ。

それに対して、借入金は現状でも一億二千万円ほど残っているので、これに三千万円を上乗せするとなると、借金は全部で一億五千万円ということになる。

会社の体力を考えると、借り過ぎといわれても仕方のない領域にまで足を踏み入れている。

世の中は未曾有（みぞう）の好景気に踊っているというのに、井口ファクトリーは、その好景気から取り残された離れ小島のように、精彩を欠いていた。

「試算表、ありますか」

試算表というのは、会社の業績をリアルタイムで知ることのできる資料のことだ。だがこのとき、井口は申し訳なさそうな顔をして後頭部のあたりに手をやった。

「あるかな？」

というのは、すぐ近くにいる夫人への質問だ。

「三カ月前のなら……」

由子が瑛の顔を見ながらこたえる。「ちょっと古いかしら」

「四月のですか」

いま七月。井口ファクトリーは十二月決算なので、すでに決算から半年以上過ぎていることになる。

「六月までの試算表、税理士の先生にいって作ってもらってください」

六月、六月といいながら、由子はデスクにおいたメモ用紙に書き込んでいる。夫人の肩書きは一応、専務だが、ずっと主婦をしてきて、夫の会社設立を機に手伝いはじめただけだから、役職は飾りみたいなものだ。経理だって、税理士にいわれて見よう見まねでやっているだけで財務の数字は読めない。

ついでに、由子が見せてくれた四月までの試算表を広げた瑛は、「一部の経費が入っていないってこと、ありませんか」ときいた。

「すごい。どうしてわかるんですか」

目を丸くした由子がいい、「それは銀行さんだもん」、という社長の言葉にうなずいたものか、逡巡（しゅんじゅん）した。

「四月だけ、外注費の比率が低すぎるので、ちょっとおかしいかなと思って」

「税理士の先生のところに送り忘れていた伝票が、後から出てきたんです」

案の定、由子がいった。

「五百万円ぐらいですか」

「そうなのよ」

なんでそんなことまでわかるのだろう、と訝しがるような顔で、瑛が返した試算表を由子はあらためて眺めた。

中味が読めない人にとって、財務の資料など、不毛な数字の羅列に過ぎない。

だが瑛には、その数字の向こう側にあるものが見えた。銀行員なら誰でも持っていそうな能力だが、瑛の場合は、それを遥かに凌駕して、才能に近い。

ひとつの数字から、その背景にあるものを的確に読み取り、意味づけしていく。資金がどう調達され、どう流れていったのか。果たして、その理由は何なのか。そういったことを、いくつかの数字から推測していく技術で、瑛は抜きんでていた。

「すると、四月まではトントンか……」

呟いた瑛は、ふと思案顔になる。

蓄積した資産のないこういう会社は、好調時こそ問題ないが、ひとたび業績が悪化するや、たちまち脆さを露呈しがちだ。瑛は、自分を見つめるふたりの経営者に視線を向けた。

「とりあえず直近の試算表を税理士の先生に頼んで作成してもらえませんか。稟議はその後じゃないと書けません」

由子がメモする脇で、社長の井口は少し不安そうな顔をした。

「借りられますかね」

「確約は、ちょっと」

その場で瑛が結論じみたことを口にするわけにもいかない。「やることはやってみますが、他に調達の当てはありませんか。他行の新規開拓班が来ているとか」

「ないない」

まさか、という感じで、井口は顔の前で手を振った。「あればとっくに借りてるよ」

「あのですね、社長。貸してくれるから借りる、という考えではいけませんよ」

ふと気になって、瑛は釘を刺した。

井口はいい人だが、それがどこか甘さに通じているところがある。

「いつも山崎さんには怒られてばっかりだな」

井口は苦笑して頭を掻いたが、本当にわかっているのかな、という思いは瑛の中でくすぶった。技術者の井口は、仕事に拘りすぎる傾向がある。その結果、「あの機械があれば、もっといいものができる」となると、会社の業績も考えずに発注してしまう、ということが瑛が知っている限りでも、二度ほどあった。結局、その後になって、支払いに窮するることになったり、その仕事が終わった途端、余剰設備になってしまったりといったことになるのである。

「二月にも何か買ったでしょう、社長。ＣＡＤですか」

指摘すると、井口は痛そうな顔をした。ＣＡＤとは、設計用のコンピュータ等のことだ。

「なんでわかるの？」

「数字を見ればわかりますよ。それに、社員、ひとり増えてますよね」

見慣れた事務所に新たに仕切られたブースがひとつ、増えている。

「その新しいＣＡＤのために、契約社員で来てもらってるんだ」

「それ、買わないと仕事ができなかったんですか」

「できないわけじゃないけれど、効率が悪いんだよな。いいもの作りたいしね」

もっともな話にきこえるが、もう少し慎重に検討して欲しかったというのが本音だ。

「契約社員であろうと、人を雇って設備投資していたら、よほど受注が堅調に積み上がらないと回収できないと思うんですよ。それより、多少時間が余計にかかっても、いまある人と機材で繰り回していったほうがいい。社長のやり方だと固定費を抱えるばかりで、売上げが増えても利益が残っていかなくなる可能性があります」

「そうかな」

井口は浮かない顔で反論を飲み込む。いいたいことはわかる。競合他社との兼ね合いもあるし、最先端のＣＡＤを駆使できるところにウリがある会社である以上、新しいＣＡＤに乗り換えていかないと競争力が落ちると考えているのだ。

井口が以前勤めていたような大企業ならそれでいいかも知れないが、この小さな会社でそれをやったら、資金繰りはいつまでたっても楽にならない。

「ところで、今期の見通しはどうですか」

瑛がきくと、

「実は京浜機械から大口の受注ができそうなんだ」

浮かない表情を、ぱっと明るくして、そのとき井口がいった。京浜機械は、日本を代表する大手機械メーカーだ。

「それ一件だけで五千万円ぐらいの売上げにはなるし、毎月数千万円単位の請け負い仕事も入ってくるかも知れない」

「いい話ですね」

実現すれば、黒字化は間違いない。それどころか、「化ける」可能性だってある。

「その商談は、いつ頃まとまりそうなんですか」

「来月」

井口はこたえた。「そうなればまた運転資金も必要になるだろうし、それまでに資金繰りの課題は片付けておきたいと思うんだ。そんなわけで是非、よろしくお願いします。山崎さんだけが頼りなんだ」

深々と頭を下げる。

「わかりました。さっきお願いした試算表、お早めにお願いします」

ノートを閉じて立ち上がった瑛は、ふと由子のデスクにある通帳に目を留めた。

産業中央銀行の通帳の上にひとつ、白水銀行のものがのっている。名義は、井口由子。定期預金だ。

「白水銀行さんで通帳、作成されたんですか」

「ああ、これ」

少し気まずい顔になって、由子が通帳を束ね直す。

「ウチの娘のための治療費を貯(た)めてるのよ。産業中央銀行さんで作成しようかと思ったんだけど、会社とは切り離したほうがいいかなと思って」

「治療費っていうと、心臓のですか？」

「そうなの。もしこのことがわかってたら、会社、辞めなかったわよね、あなた」

娘の琴音(ことね)の話題になった途端、井口の表情が険しくなった。

数年前に判明したのだが、重度の拡張型心筋症というのが、夫婦の長女、琴音の病名だった。琴音が生きていくためには心臓移植しか残された治療法はない。しかしこの時代、日本では幼児への移植が難しいため、海外での移植手術が、夫婦に残された唯一の方法だ。だが、そのためには少なくとも五千万円。場合によっては一億円を超える費用がかかる。それは、いまの井口ではとても支払える金額ではなかった。

「早く、治療費が出来るといいですね」

「琴音の命と、どっちが早いか競争ですから。負けるわけにはいかないのよ」

由子が自分に言い聞かせるようにいうのにうなずいて、瑛は井口ファクトリーを後にした。

3

瑛が管理している融資先は、全部合わせると五十社を下らなかった。

駅の反対側にある丸の内支店と比べると、瑛が配属された八重洲(やえす)通り支店の取引先には小粒なところが多いが、中でも井口ファクトリーは最も小さな部類の会社だ。なのに、瑛にとって井口の会社が特別なのは、それがどうにも自分自身の境遇と重なるからであった。

会社を辞めて自分の工場を立ち上げた父は、井口と同じ技術畑だった。井口の妻がそうであるように、瑛の母も会社の経営のことなど何もわからないまま、無我夢中で父の会社を手伝っていた。

兄と妹の幼い兄弟がいるというところも同じ。

だが、その妹が、重い病気でこのままだと命のリミットを迎えるというところは、山崎家にはなかった不幸だ。

瑛は、井口の子供たちを何度か見かけたことがあった。

夏休みなどの長期休暇になると、会社に連れてくることがあるからだ。狭い事務所で、小学校五年生のお兄ちゃんは、退屈してぐずる妹の面倒をよく見ていた。妹の車いすを押して日本橋界隈(かいわい)を散歩している姿を見かけたこともある。

「感心だな。がんばれよ、マサヒロ君」

そう声をかけた瑛に、マサヒロはよく精悍(せいかん)な顔をくしゃっとさせてはにかんだ。働いている両親に代わって、自分が妹を守らなきゃ――そんなふうにマサヒロが考えているのが伝わってきて、そのたびに瑛は胸が熱くなる。マサヒロの姿に、千春の手をひいて遊びに連れて行っていた自分の姿を重ねてしまうのだ。

しかし――。

この会社は、絶対に守りたい。マサヒロ君のためにも琴音ちゃんのためにも。

「おい山崎君。これはちょっとキツイんじゃないか」

瑛が提出した稟議書を見て、課長の上原は考え込んだ。「京浜機械からの受注といってもまだ確定したわけじゃないんだし、もし今のまま推移すれば、負債を返済するだけの余力はないよな。君もわかってると思うけれど」

井口が後で提出してきた六月までの試算表によると、井口ファクトリーは半期で数百万円の赤字を計上していた。

「ですが、ウチが支えないと、この会社は立ちゆかなくなります」

「まあ、それはそうだが……」

上原が呟いたとき、

「潰れるかどうかは、当行が考えることじゃない」

ふいに背後から厳しい声がかかって、課長との会話は中断された。

副支店長の不動公二だ。髪を真ん中分けし、銀縁のメガネ越しに冷徹な目をこちらに向けているこの男は、長く本部の審査セクションを歩んできた男だった。

「銀行の仕事はあくまで貸すか貸さないか決めることで、潰れるかどうかは関係ない」

不動はいった。

「それはそうですが、井口ファクトリーの場合、ウチが融資しなかったら資金繰りは確実に行き詰まります」

「だから？」

不動は挑戦的にきいた。

「だから……支援したいと思います」

「そんなのは融資の理由にはならない。そんな理由で融資をしていたら、銀行はたちまち不良債権の山だ」

唇を噛んだ瑛を、厳しい目で不動は見ている。

ロボバンカーと揶揄される不動は、情状酌量といったものが一切通用しない男だった。井口ファクトリーへの前回の稟議では、業績の伸び悩みを厳しく指摘して、最後は支店長の松田に「今回は私が責任をとるから」といわれ、渋々承認印を捺した。融資していた二千万円を、ただ一年継続するだけの稟議だったのにもかかわらず、である。

「もう少し、揉んでみてくれ」

いま、ため息を押し殺した上原はいい、稟議書を差し戻してきた。

揉めといわれても……。

焦燥感とともに、自席に戻る。いまの井口ファクトリーにめぼしい材料といえるものはない。

瑛は苦悩した。

4

珍しく父から寮に電話がかかってきたのはその週末のことであった。

「どうだ、仕事は」

「まああかな」

寮の電話口で、瑛はこたえる。「そうか……」、そうひと言いった父は、しばし黙り込んだ。

「どうかしたの？」

その様子にいつもと違うものを感じた瑛がきくと、

「来週定年退職するんで、それで電話したんだ」

そう父はいった。「いろいろ、迷惑かけてすまなかった。それと、ありがとうっていいたくてな」

少しはにかみながらつぶやかれた言葉に、瑛は胸が熱くなるのがわかった。

感謝しなきゃならないのは自分のほうだ。

会社が倒産し、一度はどん底に落ちた父は逃げずに債権者と向き合い、そしてサラリーマンとして地元の中小企業で定年まで勤め上げた。生活が苦しいなか大学へ行かせてくれ、瑛が銀行への就職を決意したときも、黙ってそれを認めてくれた。趣味らしい趣味もなく、ただ働き詰めに働いた人生だ。

こちらこそ、ありがとう。

そういいたかったが、どこか照れ臭くて、「これからどうするの」、という質問に置き換える。

「まだ何も考えてない」

そういった父はふと考え込み、「お前、河津(かわづ)に住んでたときのこと、覚えてるか」、ときいた。唐突な質問だ。

「覚えてるよ、そりゃ」

「そうか……」

父はしばし押し黙り、やがて「あのときはお前たちに迷惑をかけてすまなかった」、と改まった口調で詫(わ)びた。

「いいよ、別に」

瑛は笑っていう。そんな風に父に謝られたのは初めてだ。何かいつもと違う父の様子は感慨とともに、歳(とし)を取ったな、という感想を運んでくる。

「たまに思い出しては考えるんだ。あの当時のオレは、甘かったって。もう少し経験があれば、あんなことにならなかったかも知れない」

当時の父の会社が果たしてどんな業績だったのか、瑛は知らない。いま、その資料が残っていれば、誰よりも詳しく分析し、自分なりの答えをそこに見つけられるのかも知れないが、それはかなわぬことだ。

「父さんは一所懸命やったと思うよ」

本心からの言葉である。「その結果、ああなったのは仕方がないことだと思う。別に謝らなくてもいいって。わかってるから」

電話の向こうで、父は言葉に詰まったようだった。

「ありがとう、父さん」

ようやく、ぽつりと瑛はその言葉を口にした。「いままでお疲れ様でした」

「お前は――」

再び口を開いた父の声は、涙でひび割れていた。「お前は、銀行員なんだから、父さんみたいにならないように、取引先のこと、救ってやってくれ」

「ああ、わかってる」

「お前ならできる。――元気でやれよ。またな」

父の電話は、そういって切れた。

救ってやってくれ――。

それは、父の心の底から出てきた祈りのようだった。

井口ファクトリーのことが、ふたたび頭に蘇った。

稟議書の書き直しを命じられてから既に一週間が経っていた。

この間、連日のように同社を訪問し、様々な検討を重ねてきた。

ようやくそれを盛り込んだ事業計画を井口とともに立案したのは昨日のことだ。その計画に基づき、稟議を再作成して提出したのは昨日の夜。

努力の甲斐あって、課長の上原の承認はとりつけた。その稟議は、午後八時過ぎ、副支店長の未決裁箱に回されたが、生憎、不動が取引先の工場見学で地方に出張していたため、宙に浮いたままこの週末を迎えている。

救いたい。

だが——。

冷静な目で見て、あの三千万円の融資が承認されるかどうかはわからない。

もし承認されなければ、今月二十五日、井口ファクトリーは第一回の不渡りを出す。

そうなれば、倒産だ。

胃が捻り上げられるような緊張を覚えた。河津の家を母と妹とともに逃げるように後にしたときのことがまざまざと思い出される。見知らぬ男たちがめぼしいものを探して歩き回っているわが家の光景は、トラウマになって瑛の心に棲みついていた。

そんなことはさせたくない。

だが、そのための最大の難関は不動だ。その不動さえ突破すればあとはなんとかなる。

だが——。

5

「山崎君。ちょっと——」

不動に手招きされたのは、週明け、午前中のことだった。

「はっきりいって、この会社には融資したくない」

不動のデスクには井口ファクトリーのファイルと、瑛が書いた稟議書があった。成り行きに気づいて上原課長も立ってくる。

「事業計画を作り直したのはいいが、これでは返済原資として弱い。会社の規模に比べて、裸与信(はだかよしん)が大きすぎる。これではイザというとき、支店の与信スタンスが問題になる」

裸与信とは、担保のない融資のことだ。与信スタンスを気にするのは、ある種の保身だが、不動はそれを平然と口にし、「なんで京浜機械への売上げ予定がこの計画に入っていないんだ」、と突然核心をついてきた。

「受注できるという確証がありません」

本来なら、事業計画に盛り込みたかった京浜機械との新規取引だが、その商談は未だまとまっていない。ここ半月近く、井口は頻繁に京浜機械を訪ねて詰めの交渉を続けていたが、正直、難航している。

「何か問題でもあるのか」

「問題はありませんが、競合があるようです」

利益至上主義の京浜機械は、コストが厳しいことで有名だ。新規発注は数社で競わせ、技術力だけではなく、コストの安いほうを選択する。いまその価格競争の真っ直中で、井口は苦しんでいた。

受注は欲しい。だが、これ以上見積もり額を下げたら、赤字になる。それでは意味がない。

「京浜機械からこの設計を受注できれば、信用力もつく。それが新たな受注につながる。会社っていうのは、そういうふうにして大きくなっていくもんだ。ここで受注できなければ、おそらく今後も、大手企業相手の受注合戦で負ける。井口ファクトリーにとってこの案件は、会社の将来性を測る試金石になるだろう」

瑛は、黙って頷くしかなかった。たしかに、不動がいうことも一理ある。だがそれは同時に、受注できなかったときの井口ファクトリーの評価がどうなるかをほのめかすような話だった。

「正直、受注は、五分五分だと思う」

その日の午後、訪ねた瑛に井口は神妙な顔でいった。「ぬか喜びというか、最初は受注間違いなしと思ったんだが、どんどん厳しいことをいってくる」

「結果はいつ頃、ですか」

「来週には」井口はこたえた。

「もし受注に成功すれば、利益率はともかく、稟議はなんとか押し通せると思います」

「受注できれば、だろ」

井口は敏感に察していった。「もしできなかったら、融資は難しいということなのかな」

「無理と決まったわけではありませんが、かなり厳しい状況です」

不動を動かすには何らかの好材料が必要だが、いまの井口にそれは期待できない。

「ここだけの提案なんですが」

しばし考え、瑛は切り出した。「他行を当たってみていただけませんか」

井口はぽかんとして瑛を見た。その目を真剣な顔で見返す。「私がこんなことをいうのもおかしいと思いますが、正直、いま当行だけに頼るのはリスクが大きいと思います」

「それは、融資が出来ないということですか」

「そういうこともあるということです」

井口は、いつになくかしこまって並んでかけていた妻と視線を交わした。そのとき、

「お母さん、お母さん」

という女児の声がして、瑛ははっとなった。衝立の向こうだ。

気づかなかったが、琴音が会社に来ているらしかった。

「ちょっと、失礼します」

そういって由子が立っていく。

「お母さん、ここにいて。琴音のところにいて」

琴音の声が切れ切れに聞こえてきて、瑛はぐっと喉を詰まらせた。静かにしていなさい、と言われていたと思う。だけど、どうしようもなく不安になってしまったのではないか。

そうさせたのは瑛だ。内容はわからなくても、話の雰囲気や親の不安は、子供には敏感に伝わる。

「お子さんたち、こっちにいらっしゃってたんですか」

至らなさを瑛は恥じた。

「夏休みだからね」、井口は少し困った顔でこたえる。

「マサヒロ君は？」

「本屋へ行ってくるって、さっき出掛けた。家にふたりで留守番させておくのも気がかりだし、こっちも夜遅くなったりするからね。それなら、こっちに来て一緒にいたほうがいいだろうと思って。――ところでいまの話だけどね、山崎さん」

　カレンダーを見ながら、井口は話を元に戻した。「あんたがそういうのなら、とりあえず当たってみるよ。でももし、他行が融資するといってくれた後に、おたくの銀行が融資してもいいとなったら、そのときはどうすればいい？　二重の申し込みをしていたら、マズイんじゃないかな」

「行内は私がなんとかしますから、そのときは他行で融資を受けてください」

　瑛はいった。叱られるのは覚悟の上だ。だが、井口ファクトリーが生き残る可能性は少しでも残しておきたい。

　資金が必要な日まで、時間がない。新たに融資を申し込むタイミングとしてはギリギリだ。

「それと、山崎さん、一社、信用照会、お願いできないかな。ウチの取引先なんだけど、ここ何カ月か支払いが遅れたりするんだ」

「調べてみます」

　帰り際、井口が社名を書いて寄越(よこ)したメモをカバンに入れた瑛は、その雑居ビルを出た。

6

八月の第三週になるまで、日にちが過ぎるのはあっという間だった。世の中はお盆休みだというのに、瑛にとっては憂鬱な気配を濃厚に漂わせた一週間だった。

井口からの電話は、盆休みが明けた最初の月曜日の夜にかかってきた。午後八時過ぎ、そろそろ帰宅しようかと机の上を片付けていたときだ。

「お話、できませんか」

その声は陰鬱で、話の内容をそれとなく予見させるものだった。嫌な予感にとらわれた瑛は、刹那息を呑み、「これから伺います。もう引き上げるところなので」、そういって受話器を置く。

いつもの業務用カバンではなく、私用のカバンをもって井口の会社へ行くと、まだほとんどの社員が残って仕事をしているところだった。

「外にでませんか」

井口にいわれ、近くの喫茶店に入った。社員に聞かれてはまずい話なのだろう。

「今日、京浜機械から連絡があって、受注できることになりました」

悪い話だとばかり思っていた瑛は、正反対のことをいわれ、唖然としてしまった。

「よかったじゃないですか。おめでとうございます」

ところが、井口の表情は冴えない。

「それはよかったんですが、それとは別に問題が……」

「問題？」

「実は、娘の具合が悪くなってしまって、入院することになってしまったんだ。だましだましやってきたけど、先生の話ではできるだけ早く決断したほうがいいということでね」

瑛は、困惑して伏せ気味の井口の顔を、まじまじと眺めた。

「手術ですか」

それには巨額の費用がかかるはずだ。

「実は、そういうボランティア団体があって、そこの支援を取り付けることができそうなんだ。そうすれば今年中にもアメリカにいって、ドナーが現れるのを待てる」

「病気の進行は心配ですけど、支援を取り付けることができたのは、いい話じゃないですか」

井口の浮かない顔の理由がわからず、瑛はこたえた。「資金の足りない分を補ってくれるんでしょう」

「そうなんだ。ただ、こんなときに――」

突如、井口が唇を噛んだ。「野村マシナリーって会社、覚えてるか、山崎さん。ほら、先日、信用照会をお願いした会社だ。支払いが遅れがちになっているっていう」

横浜にある会社で、産業中央銀行の横浜支店が取引していたため、その担当者に様子を聞いて井口に回答したはずだ。業歴二十年の中堅機械メーカーで、取引先のスジもよく、資金繰りも特に問題はないという話だった。

「今日、破産申請したらしい」

「なんですって」

そういったきり、瑛は二の句が継げなくなった。横浜支店の融資担当者はそんなこと、ひと言もいっていなかった。なのに、どうして――。

愕然とする瑛に、井口は続けた。

「聞いた話では、二カ月ほど前に、この会社の財務部が商品先物か何かの取引で数十億円単位の損失を出したらしい。それで一気に資金繰りが悪化していたということだ。たぶん、銀行でもそうした事実を把握していなかったんじゃないか」

瑛は思わず、テーブル越しに体を乗りだした。

「野村マシナリーへの債権はいくらですか」

「全部で五千万円ほど。ウチとしては大口の取引先だったもので」

その金額を聞いた途端、目の前が真っ暗になって、瑛はすとんと椅子に体を沈めた。呆然とした眼差しを、目の前にいる井口に向ける。その井口の表情からはいま、感情の欠片さえも抜け落ちてしまっていた。

「そこからの入金、今月の決済資金としてあてにしていたんですよね」

すかさずきくと、力なく井口がうなずく。

「この前お願いした他行への支援申し入れ、していただきましたか」畳みかけるように、早口で瑛はきいた。

「した」

「どうでした」

「だめだ。どこも二の足を踏んでしまって。結果的に、他行での調達は無理だと思う」

しかし、これは産業中央銀行一行だけで支えられる事態ではない。

仮に、今回の三千万円をなんとか押し通したとしても、五千万円の不良債権は、いまの同社を瀬戸際にまで追い詰めるに十分な額だ。

「すまない、山崎さん」

乾ききった井口の唇が動いたかと思うと、真夏が一気に真冬になってしまったかのように嗄れた声がこぼれでてきた。「このまま行くと、今月二十五日、当社は第一回の不渡りを出すことになるだろう。——ご迷惑をおかけします」

7

その翌朝、支店長室に重苦しい雰囲気が流れていた。

「これは、無理だな」

厳しく冷ややかな眼差しをじっと瑛の上に注いでいた不動がいった。

支店長の松田はさっきから厳しい顔で腕組みをしたまま、無言だ。上原はまるで自分の不始末を反省しているかのように唇を結んでいる。

誰も反論する者はいない。

不動は、テーブルの上にレポートを放り投げた。前夜、瑛が徹夜で作り上げた資金繰り表と考え得る再建案をまとめたものだ。

無理、といったのは、産業中央銀行がこれ以上、井口の会社を支援するのは無理だという意味である。

だが、ここで引き下がるわけにはいかなかった。

「五千万円の損失は出ますが、支えれば継続出来るだけのものを持っている会社です」

瑛はいった。「今回三千万円の融資申し込みがありましたが、それとは別に、この赤字補塡(ほてん)費用として緊急稟議を書かせてください」

松田が渋い顔をしただけで、その場の誰からも返事はない。「お願いします」テーブルにぶつけそうなほど、頭を下げた。

「裸与信はいくらだ、上原」

不動がきいた。

課長がクレジットファイルを開き、そこに記載されている数字を覗き込む。

「現状で四千万円。もし三千万円の融資を実行すればそのまま――」

「担保は自宅か」

遮った不動の語気の鋭さに、「そうです」、と上原は気圧されたようにのけぞった。

「それ以外にも保証協会の保証がついている融資がありますから、当行の実損は、四千万円程度です」

「四千万円、か……。もう少し減らしたいな……何かないか、何か……」

不動は細く長い指先で、顎のあたりを撫でる。上役の視点は追加支援にではなく、すでに債権回収に向いていた。瑛はその成り行きに慌てた。

「副支店長、稟議をさせてください。助けたいんです」

「無理だ、山崎」

上原がいった。振り向くと、課長は、黙って顔を左右に振ってみせる。「もうこれ以上、この会社に資金を突っ込むのはやめたほうがいい」

「しかし、いま井口さんのところは大事なところなんです。娘さんの命もかかってます。もしここで倒産させてしまったら、移植もできなくなってしまうかも知れません」

「娘の命？」

　不動が聞きとがめた。「どういうことだ、山崎」

「娘さんが拡張型心筋症で入院してるんです。心臓移植をしないと危ないらしいんですが、国内では難しいので、アメリカでドナーを待つしかない状態なんです。それには莫大な資金が必要になりますし、いまここで会社を潰してしまったら、娘さんの命は救えません」

「ほう」

　不動が目を細めた。上原を向き、「井口夫婦の預金明細をとってきてくれ」、と命じる。

　嫌な予感がした。席を立っていった上原が、しばらくしてオンラインコンピュータで打ち出してきた預金明細を差し出す。

　不動はそれをじっと見つめ、「専務の口座から、毎月五十万円が他行へ送金されてるな」といった。

「振込先を調べろ。万が一のときに差し押さえれば、ウチの損失を減らすことができる」

「ちょっと待ってください」

瑛は込み上げてきた憤りを不動に向けた。「副支店長、そのお金は、井口さんが娘さんの手術費用として毎月積み立てているものなんです。それまで差し押さえてしまったら、娘さんの手術ができなくなってしまうじゃないですか。そしたらあの子――」

マサヒロ君が押していた車いすの光景を瑛は思い出して、思わず声に詰まった。

結局、助けられないいんじゃないか、お前は。

その追い詰められた感情は、見えない硬い壁にはね返され、自分に突き刺さってくる。

幼い頃、千春とともに不安な気持ちで眺めていた光景。父さんと母さんを救ってやりたいのに、どうすることもできない、無力な自分。

少しでも父のような経営者を、会社を、従業員とその家族を救うために銀行員になったのではなかったのか。

取引先のこと、救ってやってくれ――。

そんな父の言葉が、胸を衝いてきた。――お前ならできる。

いったい、オレに何ができる？

結局、銀行員になっても何もできないじゃないか。

心の叫びは、いまにも瑛の胸を切り裂いてしまいそうだった。

「山崎、お前はこの件から外れろ」

そう命じる不動の声が、瑛を現実に引き戻した。「今後、井口ファクトリーの人間と一切、接触するな。わかったな」

底光りする眼光が、瑛を射竦めた。「上原、ここの担当はお前が引き継げ。今日にでもいって負債総額がいくらになるか、きいてこい。いいな。あとは手続き通りに進める。不渡り当日に入金されてきた資金は全て融資の返済に充当するんだぞ。債権回収の書類に不備がないか、いまのうちに確認しておけ」

は、とかしこまった上原は、淡々と続く不動の指示を聞いている。瑛は一切の口を挟むことも許されず、会議の終了とともに、管理している全ての資料を上原に引き渡さなければならなかった。

「銀行なんて、こんなもんだ」

書類の受け渡しをしながら上原が小声で呟いた。「がっかりしたかも知れんが、お前にもわかるときが来るさ」

わかってたまるか――。

瑛は蚊帳の外に押し出され、自席に戻った上原が、井口ファクトリーに訪問のアポを入れはじめた。

その夜、午後九時過ぎに銀行を出た瑛は、ひとり、呉服橋に近いその雑居ビルへと歩いていった。

これから自分がすることが、銀行員として決して許されないことはわかっている。だが、銀行員としての立場や肩書きなどどうでもいいと、瑛は思った。そんなもの、人の命に比べたら、どうしようもなくつまらない、軽いものに過ぎない。

いつものように、まだ社員全員残って仕事をしているだろうと思っていた瑛だったが、ドアを開けた瞬間、予想外の雰囲気に立ち尽くした。

明かりはついているものの、その狭いオフィスは静まりかえっていた。社員の姿はない。それと同時に、ＣＡＤまで無くなっていることに気づいた瑛は、その場に立ちつくした。誰もいないのか。そう思ったとき、

「よう」

どこからか、声がかかった。

奥のブースのひとつに井口がいて、両手を頭の後ろに組んでいる。力なく、どろんとしたその目に映っているのは、瑛ではなく濁った現実に違いなかった。

「社長」

瑛はつぶやき、絶望に蝕まれた男を見つめる。

「ＣＡＤは？」

「みんなにやった」

井口はこたえた。「退職金代わりさ」

「退職金……」

全てを諦めた男の目を、瑛は見つめた。

「今日あんたんとこの課長さんが来たよ。山崎さん、担当、代わったんだってな。ウチへの融資はやっぱり無理——」

「預金、移し替えてください」

井口の言葉を遮って、瑛はいった。「琴音ちゃんの手術費用、白水銀行の定期になってるでしょう。その預金、明日の朝一番に解約して、他に移してください」

「なにいってんだ、山崎さん」

井口がいった。「まさか、そんな預金まで銀行さんが手を付けたり——」

「琴音ちゃんの命、救いたいんでしょ」

はっと井口は口を噤み、頬を張られたような顔で瑛を見ている。濁り水のようだった井口の瞳から次第にその濁りが消えていき、ようやく一筋の意思が浮かび上がってきた。

「……わ、わかった」

その言葉が呟かれるのを聞いて、瑛はさっと井口ファクトリーの入り口から外に出た。それから二段飛びで階段を駆け下り、ねっとりとした真夏の夜に沈んでいる八重洲の裏通りへと駆け出す。

それが瑛が井口と交わした最後の会話だった。

その二日後の二十五日、井口ファクトリーは第一回の不渡りを出し、そのまま倒産したのである。

8

出てきたロザリオを丁寧にハンカチで包んでデスクの抽斗にしまった瑛は、片付けの手を休め、吉祥寺駅の近くで昼食でも食べようかと思いたって部屋を出た。

三月の、春めいた陽射しが降り注ぐ、静かな土曜日の午後だ。

営業本部への転勤辞令をもらったのが一昨日のことである。節目にと思ってはじめた大掃除は思いの外大変で、部屋はたちまち足の踏み場もない様相を呈することになった。が、まだ一日は長い。ひとまず一服である。

自分のポストの底に落ちているエアメールに気づいたのは、下駄箱までいったときだった。ちょうど下駄箱と反対側の壁に、部屋毎のポストが並んでいる。

差出人の名前を見た途端、瑛は、履きかけた靴を下駄箱に戻し、その手紙をもって再び自室に戻った。

封書の裏面にはこうあった。

井口由子。

アメリカの住所だ。

ようやく春めいてきました。お元気ですか？

昨年八月、弊社倒産の折には、山崎さんに本当にご迷惑をおかけしましたこと、深くお詫(わ)び申し上げます。

そして、その直前に、白水銀行の預金を別の銀行に移すよう主人にいっていただき、本当にありがとうございました。

お陰様で、せっかくの治療費を失うことなく、ボランティア団体の方々の熱心な寄付活動のお陰もあって、この二月、琴音は無事アメリカの病院で心臓移植を行うことができました。まだ経過観察をしておりますが、今のところ順調で、このままならあと一月(ひとつき)ほどで退院することができるだろうと、こちらの医者にいわれております。

その報告とお礼を、もっと早く山崎さんにしなければと思いつつ、慌ただしく日々を過ごすうちに遅くなってしまいました。ごめんなさい。

琴音の命がいまあるのは、山崎さんのお陰です。本当にありがとうございました。主人も、「山崎さんは、銀行員人生を投げ打って、琴音の命を救ってくれたんだ」と、あの倒産の後、涙を流して感謝の言葉を口にしておりました。

その主人は、琴音の治療で渡米したおり、こちらにある日系企業の求人募集を見つけ、就職することになりました。思いがけない展開ですが、これも人生なのかなと思います。

私ども夫婦にこんな幸せをくださった山崎さんには、どれだけ言葉を尽くしても感謝の気持ちを表現することができません。

ところで日本を離れるときのことですが、ボランティア団体のリーダーをされている方で、山崎さんのことをご存知だとおっしゃる方がいらっしゃいました。

浜松市内の教会で神父さんをされている、保原茂久さんという方です。

私どもの事情を話しているうちに偶然、救ってくださった銀行員が山崎さんだとわかり、保原さん、それはもう、喜んでいらっしゃいました。

「アキちゃんは、そういう真っ直ぐな子です。小さい頃からそうでした」

そうおっしゃって、人目も憚らず涙を流されたのには驚きました。もし保原さんとお会いすることがありましたらよろしくお伝えください。私たちは幸せです。

井口由子

第九章　父の遺言

1

階堂彬に、その一報がもたらされたのは、とある五月の午前だった。

まだ携帯電話も電子メールもそれほど普及していない時代、入行六年目を迎えた階堂彬は営業本部の自分のデスクにいた。本店の取引先課からここに異動の辞令が出たのは一昨年のことだ。

目の前には、取引先から要請された大口支援の資料が堆く積まれ、複数のファイルには、翌日以降に融資実行予定の伝票類が未記入のまま挟まっている。ひっきりなしに鳴り続ける外線電話と内線からの問い合わせ。午前九時を過ぎた途端に突入する戦場のような忙しさの中に、このとき彬は埋もれていた。

「ご実家からお電話です」

取り次いだ交換の声に曖昧に返事をした彬の耳に、

ということ、どこか慌てたような声が飛び込んできた。「実はいま会社から電話があって、パパが倒れたらしいの」

えっ、といったきり彬の思考は一時的に停止した。

「朝、打ち合わせ中に突然、気分が悪くなったって、小西さんが」

小西文郎は東海郵船の常務で、番頭格。「社員の手前もあるから、救急車じゃなくて会社のクルマで広尾病院の救急窓口へ運ばれたらしいの。運良く専門の先生がすぐに診てくれたんだけど、脳内出血かも知れないから精密検査を受けるって。ママはこれから駆け付けるけど、意識はあるらしいからあなたは来なくていい。でも一応、そういうことだから連絡しておこうと思って」

「わかった」

書きかけの伝票、そこに自分が書き込んだ数字から意味がこぼれ落ちていくのを感じながら、彬はこたえた。「もし、何か変わったことがあったら連絡してくれる？　それと入院するんだったら、また教えて。こっちの手が空いたら、そっちへ行くから」

「どうした階堂」

同じチームの次長が少し心配そうな顔を向けている。

「父の具合が悪くなったらしくて」

「大丈夫か」

急患で運ばれたんだから、大丈夫とはいえないだろうなと思いつつ、彬は曖昧な声を出した。

「もし心配だったら、行ってもいいぞ」

「いえ。これから精密検査らしいんで、いま行っても仕方がないんです。何かあればお願いするかも知れませんけど」

次長に礼をいい再び伝票に意識を戻したが、どうにも集中できないまま、時間だけが過ぎていく。

弟の龍馬（りょうま）から電話がかかってきたのは、午後になってからだった。

「いま病院にいるんだけど、ちょっとマズイかも知れない」

龍馬の声は精彩を欠き、沈んでいる。

「どうマズイんだ」

「脳の血管が切れて出血しているって、先生が。蜘蛛膜下（くもまくか）だよ」

受話器を握り締めたまま、彬は窓に目を向けていた。眩（まぶ）しい光の粒子が弾（はじ）ける丸の内の光景は、いまこの瞬間、モノクロの静止画になる。

「どうなんだ」

全身の血液がざっと音を立てて落下していくようなショックを受け、彬は口走っていた。どうなんだとは、なんだ。いったいオレは何をきいてるんだ？　滑稽なほどうろたえている自分を、どうすることもできない。

父はまだ六十五歳と若い。今まで病気らしい病気もしたことがないんだし、人間ドックにだって行ってたじゃないか——そんな気休めのようなことを思ってみる。

「これから緊急で手術するって。五時間ぐらいはかかるらしい。それでも五分五分ぐらいらしい」

「五分五分……？」

龍馬の言葉の意味が脳に浸透してくるのに数秒の時間を要した。

「助かるかどうかは、いまのところなんともいえないって」

黙って受話器を握りしめている彬に、龍馬の深い嘆息が聞こえてきた。絶望の谷底から噴き上がってくるような陰気な吐息だった。

「お母さんはどうしてる」

同僚に、お母さん、と呼ぶのを聞かれたくなくて、彬は受話器をおさえた。

「いま病室のベッドで寝てる。ショック受けちゃって——とりあえず兄貴に連絡してっていうから」

今度は彬が深い嘆息を漏らす番だった。医者の所見を聞いた母は、あまりのことに自分で彬に連絡する気力さえ失ってしまったに違いない。

「でも、意識はあるんだろ？」

「あるような、ないような、かな」

龍馬から連絡があるまで、「意識があるのなら大丈夫なはずだ」、と自分に言い聞かせていたが、それも怪しくなってきた。

「さっきは意識があるっていってたぞ」

「倒れた直後だろ。確かにあった。オレも呼ばれて見てたから。オレはどうしても外せない用事があったんで、後を小西さんに頼んで遅れて駆け付けたんだけど、そのときにはもう朦朧としている感じで」

弟の龍馬はいま、東海郵船の社員になっていた。

自分の人生は自分で決める——そういって銀行に進んだ彬とは反対に、龍馬は大学卒業と同時に東海郵船への入社を選んだのだ。

「今日、できれば仕事が終わってから来てくれないか。お母さんもあんなだし、兄貴が来てくれたら、お父さんもたぶん元気づくと思うんだ。その——意識があればだけど」

「いまどうしてる」

「とりあえず眠ってる。もうすぐ手術だから、切るよ。終わるのはたぶん午後六時を過ぎるんじゃないかな。また連絡するから。じゃあ——」

そこで電話は切れた。

2

「細い血管が切れていますね。もし太いほうだったらと思うと、不幸中の幸いといったところでしょうか」

バックライト付きのボードに張り付けたCTで撮影した写真を見比べながら、担当医の河本(かわもと)はいった。厳しく鋭い眼をした男だ。写真を差し替え、サインペンで患部とおぼしき場所に丸をつけ、時々、メガネを額(ひたい)のほうへ上げては顔を近づけて眺める。見落としがないか、何か別な病変がないか、あるいは何か勘違いがないか。おそらくはそんな無言のチェックを繰り返し、手術後の疲労を映した面差(おもざ)しをこちらに向けた。

とりあえず手術は成功したものの、父一磨(かずま)の容体は決して楽観できるものではなかった。出血が止まればよし、もし再発するようであれば、そのときはかなりの確率で「危ない」。そんな説明だ。

「ただ、脳のほうはこれでいいとして、問題は——ああきた」

ドアがノックされ、ひとりの女医が入ってきた。

「循環器系の専門医で、庄司(しょうじ)です。ここから先の説明は庄司からさせていただきます」

庄司は、医師らしく化粧っ気のないキビキビした四十代の女医だった。抱えてきた大判の黄色い封筒からレントゲン写真を取りだして、ボードに差す。

「これは、一磨さんの肺のCT写真です」

挨拶(あいさつ)もそこそこに、庄司は本題に入った。

胸ポケットから出したポインターを引き伸ばしながら、いまいちどその写真を凝視(ぎょうし)する。

「ここ——」

やおら庄司はポインターの先で写真を指した。右肺の中葉部あたりだ。

「見にくいんですが、病変です」

病変。神経を逆なでするようなその言葉の響きに、彬はだまって女医を見た。庄司は新たな写真をボードに差し込む。

「ヘリカルCTの承諾書を頂いたので、こちらがより詳細な写真です。これはいわば、肺の断面図ですね」

彬の脇で、龍馬が息苦しそうにみじろぎした。彬も写真を覗(のぞ)き込んでみるが、少なくとも彬の目には、どこがどんな病変なのか、わからない。

「いままで人間ドックを受けられてたと聞きましたが、どちらで？」

結論をいう前に、庄司は話題を変えた。龍馬が、会社の近くにあるクリニックの名前を出す。「会社で契約していまして」

河本はその名前を書き留め、「この前はいつ?」ときいた。

やりとりされる質問と回答を聞いている彬の胸で、不安が増大してくる。

「一年ほど前に受けました。そのときは異常なしだったはずですが」

一通りのことを聞き取った後、庄司は一呼吸置いて告げた。ガンだと思います、と。

「すでに転移も認められます。ここ、それと——ここ。こことか、ここも」

細かな断面写真のあちこちを、手にしたポインターで指していく。

龍馬が低く長く息を吸い込むのがわかった。

彬は、何もいえなかった。ただ、庄司の言葉を受け入れ、その写真を見つめることしかできない。

ポインターを畳んでそっと胸ポケットに戻した庄司は、そんな彬と龍馬のふたりに気の毒そうな眼差しを向け、「一磨さん、だいぶ無理されてたと思いますよ」といった。

その言葉に、父が抱えていたものの大きさを感じ、彬は唖然となる。

「なんで……なんでこんなことになるまで、わからなかったんだろう」

彬の問いは、医師にというより、自問に近かった。

「当院も人間ドックをやってますから、こんなことをいうと何ですが、完璧に病変を見抜くのは難しいんです。とくにこの部位は、見落としやすい箇所で……。それと、蜘蛛膜下出血のような病気は、いつどうして起こるか、まだ解明されていません。いまこの瞬間、私がなるかも知れないし、あなた方がなるかも知れない。そういう病気なんです」

傍らの河本医師は静かに俯いたまま、きいている。蜘蛛膜下出血に肺ガン。父の体はまさに病気の巣だった。

「治るんでしょうか」

言葉は喉に張り付いたようになって、なかなか出てはこなかった。「このガン、治療で治せるんでしょうか」

治るといって欲しかった。

だが、庄司は、厳しい現実そのものの視線を向けてくる。

「もう少し詳しい検査してみないとわかりませんが、もしこのまま何もしなければ、余命一年です」

3

階堂晋は、暗い社長室にひとりたたずみ、ぼんやりと窓の外を見ていた。

デスクの上には、先ほどファックスで送られてきた書類が、読み散らかしたままになっている。「ロイヤルマリン下田」の収支報告だ。

百億円を投資したリゾートホテルは、計画通りに土地買収を完了し、その後一年半をかけてホテルを建設、ようやく昨年、開業にこぎつけたばかりだ。

コンサルタントの紀田の推挙により、晋がホテル支配人に据えたのは宮本清伸という男だった。米高級ホテルチェーンで経営に参画した経験のあるホテルマンで、紀田をして、「これ以上の人材を日本で確保するのは難しい」といわしめた男である。退職後、ホテル評論家として活躍していた宮本は、当初晋の誘いを断った。顧客層がわかっている高級ホテルチェーンと新設リゾートホテルでは勝手が違うとの理由だったが、それを紀田が口説き落としたのだ。もちろん、報酬はじめ、相応の条件を用意したことはいうまでもない。

そうして準備がすべて整い、宮本が指揮した事前PR活動も抜かりはなく、あとは客が来るのを待つばかり、のはずであった。だが――。

開業して一年が過ぎた現時点での客足は、当初の見込みを大幅に下回っていた。

まさに会社の命運をかけた、いや晋の人生をかけたこの事業で失敗は許されない。

「なんでだ、紀田さん。なんで業績が上向かない」

紀田にも同じ資料は届けてあるから、先ほど電話できいてみた。

「まだ名前とか評価が浸透していないからですよ。慌てることはありません。ホテルの立ち上げは、こんなもんです」

そうですか、といった晋は、正直なところ落胆し、不安を解消できないまま受話器を置いた。

「ならば、いま以上に宣伝費に金をかけろということか」

開業前にまさに湯水のごとく投下した広告宣伝費の額は、正直、専門商社のような地味な業界からは考えられない規模であった。それを継続すると思っただけで、腰が引けてしまうほどだ。

さらに、従業員の給与や銀行から借り入れた金の返済のことを考えると、手持ちの資金はあっという間に目減りしていく。

ホテル支配人の宮本からは、収支報告がファックスされてきた直後に電話がかかってきた。

「社長、申し訳ありません」

紀田とは違い、宮本の第一声は謝罪だ。ここのところ、単月の実績がまとまるたびに謝っている。辛口評論家として鳴らしていた男だが、宮本は実直な実務家だった。紀田の意見が間違いだとは思わないが、宮本のこの謝罪のほうが、すっと晋の肚に落ちた。

「何が原因なんだ」

そう尋ねた晋に、宮本は「価格設定が高すぎたかも知れません」といった。

ロイヤルマリン下田の宿泊価格は、最多価格帯のツインルームで一泊八万円。目指したのは、あくまで高級リゾートホテルであり、それにふさわしいスタッフとサービスを徹底したのだから、決して高いものではないと晋は考えていた。

また、価格設定には根拠もあった。

借金を返済し、抱えている従業員の給料を支払う。その他もろもろかかる維持費を考えると、逆にこの価格でなければ経営が成り立たない。

それが高すぎるという宮本の指摘はつまり、このリゾート事業の根幹に関わる問題といって良い。今さら——の話でもある。

だが、正直なところ「本当にこの値段でいいのか」という疑問は、晋にもないではなかった。高すぎるのではないか、という思いは当初の計画からずっと頭の片隅にひっかかっていたのだ。

「あんたもそう思うか、宮本さん」

思わずきいた晋に受話器の向こうが一瞬静まりかえり、慎重なこたえがある。

「サービスのクオリティを考えれば、ツインで八万円は妥当でしょう。ただ、お客様の評価は、いろいろなことが関係してきます。世の中の景気とか、競合ホテルの価格設定とか」

この事業を立案し、資金調達を行った時の景気はまさに絶好調で、誰もがその好調が持続することを疑わなかった。過熱景気への警告もなくはなかったが、本当の意味でその後の失速を予測していた者が果たしてどれだけいただろうか。

平成元年の大納会で三万八千九百十五円の史上最高値を更新した日経平均株価は、その後下落の一途を辿り、現在では一万円以上も下落している。景気の絶頂期は過ぎた。

企業業績も悪化し、いまや中小企業の大半が赤字だといわれるご時世だ。

「価格設定を下げたほうがいいと思うか」晋はきいた。

「いえ。開業一年目で高級路線を変えることは得策ではありません。そんなことをしたら、今までのお客様を裏切ることになってしまうでしょう。それより、旅行パックの販売チャネル、なんとかなりませんか」

宮本は痛いところを突いてきた。

ロイヤルマリン下田には、直接宿泊の予約をしてくる客と東海観光が企画した旅行パックの客のふた通りがある。

このリゾート計画には、崇の東海観光に資金調達の保証を頼んでいる関係で、旅行パックの販売窓口を東海観光が独占する契約になっていた。

当初これは、願ったりかなったりの仕組みに思えた。晋にしてみれば、気心のしれた東海観光が客を集めてくれるのだから価格設定などの条件面も含めて安心だ。崇にしても、窓口を一手に引き受けることで収益機会を増やすことができる。

だが、その計画はあくまで宿泊客が殺到することを前提にしていた。

したがって、思ったほど客が集まらないという状況になってみると、東海観光の集客力のなさが俄然、問題になってくる。

「他の旅行会社を窓口に参入させれば、空室は減るはずです」

宮本の意見はもっともだ。だが、それだとホテルの利益率が下がる。崇の東海観光だから独占契約と引き換えに手数料は低く抑えられているが、大手旅行代理店ではそうはいかない。

「とにかく宿泊さえしてくれれば、金を落とさせる仕組みはなんとかなります」

宮本は主張した。「物品販売やオプションのツアー、食事。エステやマッサージといったものを利用してもらえば、そこでも収益はあがるでしょう。お客様に来ていただいてなんぼじゃないかと」

「わかった」

晋はいった。「それなら話は早いほうがいいだろう。東海観光側に、独占契約解除を申し入れてみよう」

そういって宮本との電話を切った。

「価格設定が高すぎるという支配人の指摘は、まあそうかなと思う面もある。だが逆に、安ければ客が来るのかといえば、それはそれで疑問符が付くんじゃないのか」

その日のランチに誘い、早速、相談を持ちかけると、崇は否定的な意見を口にした。

「なにかいいアイデア、あるか」

「いや。そういうのは現場の人間が考えてくれないと困る」

問題はあるが打開策は見えない。それはこの問題の難しさの裏返しでもある。

「現場サイドのアイデアについては宮本とも検討はするが、部屋が埋まらないことにはどうにもならないと思うんだ」

そういうと崇は何かを察したか、押し黙った。晋はつづける。「そこでお前にききたいんだが、旅行パックの売れ行きはどうだ」

「正直、あんまりよくはないな」崇はこたえた。

「その結果、お前も見たと思うが、あの収支に甘んじている。いま、オレたちが最優先しなきゃならないのは、とにかくあのホテルの客室を埋めることだと思う」

思案顔がこちらに向けられた。本題を晋は切り出した。「ここから先は相談なんだが、もし東海観光での販売チャネルで空室が埋められないのであれば、一時的にでも他の旅行代理店に販売を解禁してはどうかと思うんだ」

崇の目から感情が抜け落ちた。無言でこちらを見つめる顔は、幼い頃、喧嘩(けんか)をしてつっかかってくる時の面影の破片を宿している。

「それはないだろ」

案の定、崇は反対した。

「ウチだってロイヤルマリンの借入には二十億も保証してるんだ。二十億だぞ。そんな簡単に契約変更だなんて、兄貴、見損なうぜ」

「だが、計画以上に空室が出てるんだ。できればもっと拡販して欲しい」

「わかってるよ、そんなこと」

昔から、短気なところのある弟だから、そんな態度をとられても慣れっこで腹は立たないが、晋の不安は消えない。「もしこのリゾート事業で失敗したら、一磨兄に笑われるだけじゃないか。そんなのは絶対に御免だね。これから必死でやらせてもらいますよ」

そこまでいうのなら——。

「頼む」

短くいい、グラスに半分ほど残ったランチワインを晋は口に含んだ。

東海商会が十億円を出資して設立したロイヤルマリン下田が、さらに三友銀行から調達したカネは九十億円。それに対し、東海商会が七十億、残りを東海観光が連帯保証を差し入れている。連帯保証とは、カネを借りた本人が返せなくなったとき、代わりに返済することを約した契約だ。

計百億円を投じたこのリゾート事業で失敗したら、長兄に笑われるどころの話ではなく、「商会」も「観光」も共倒れだ。

「まあ見ていてくれよ、兄貴。ウチの実力を見せてやるから」

崇が胸を張ったのと晋の携帯電話が鳴り出したのは同時だった。相手の番号に見覚えはない。少しためらったが、通話ボタンを捺すと、

「階堂社長の携帯電話でしょうか」、男の声がいった。

「ああ、そうだが」

「私、東海郵船常務の小西と申します。実は、今朝ほど一磨社長が倒れまして、広尾病院に入院されました。とりあえずそのご連絡をと思いまして」

「兄貴が？」

晋は思わずつぶやいた。崇がじっとこっちを見ている。「どんな具合だ」

「いま精密検査の最中ですが、蜘蛛膜下出血の疑いが濃厚とのことでして……」

「兄貴が倒れたそうだ。蜘蛛膜下――」

携帯電話の送話口を押さえていうと、崇の目がゆっくりと見開かれる。

「危ないのか」

「いまのところ、なんとも。これから手術になるようです」

「わかった。時間を見つけてそっちに行くから。いま病院か？　お義姉（ねえ）さんにもそう伝えておいてくれ」

「申し訳ありませんが、よろしくお願いします」

小西は丁重な口ぶりでそう言うと、電話を切った。

「肺ガンも？」

晋は思わず、小西の顔をまじまじと見てしまった。東海郵船の番頭格は、生真面目(きまじめ)な表情を歪(ゆが)ませ、沈鬱(ちんうつ)な眼差しを向けてくる。

「精密検査で発見されまして。生体検査はしますが、まず間違いないだろうとのことでした。彬さんと龍馬さんのふたりが直接医師の説明を受けられたようです」

「そら、困ったな」

晋はつぶやき、「進行してるのか」ときいた。

「どうもそのようです」

肺ガンの場合、小豆大(あずきだい)の腫瘍(しゆよう)でも全身に転移する可能性があるという話を晋は聞いたことがあった。比較的早い時期に見つかっても、たとえば数年後の生存率は他のガンよりも低い。発見しにくい場所にあったというのは不運以外の何ものでもない。それに蜘蛛膜下出血まで重なったとなっては、いま生きているのが不思議なぐらいだ。

「どっちにしても長期入院だな。大丈夫か、会社のほうは」

小西は難しい顔になった。

「社長は空席のまま、とりあえず私が代行させていただくことになりました」

「龍馬ではまだ早いか」

小西の表情の中で何かが動いた。いいたいことはわかる。龍馬が次期社長含みで入社してきていることは全員が承知だが、入社してまだ四年。社長には若すぎる。

「それは私の口からはなんとも……。社長のご意向もあるでしょうし」

薬で眠っているという兄の寝顔だけはいましがた見てきた。元気な兄の顔を見慣れた目には、ベッドで横たわっている男は、十も老けたように見える。大病をするときというのは、いつのまにか体も疲弊してしまっているということなのだろうか。

それから家族の待合室へ行った晋は、すっかり落ち込んでしまっている義姉を見舞い、彬と龍馬のふたりと会った。

彬とは産業中央銀行の訣別（けつべつ）以来、なんともぎくしゃくした関係が続いて、顔を合わせるのも気まずい気がした。何をいっても上の空（うわのそら）といった感じの義姉、むっつり怒ったように唇を結んでいる彬、そのふたりの脇に不安そうに眉をハの字にした龍馬がいる。晋はその龍馬のところへ行って、囁（ささや）いた。

「病気のことは何もしてやれないけれども、会社のことで何か困ったことがあったら相談してくれよ。同じ東海郵船グループだ」

そういって肩をポンと叩（たた）くと、龍馬は礼をいって人なつこい笑みを唇の端に浮かべた。

4

「お父さんの具合はどうだ」

安堂に誘われて食事にいったのは、父一磨が倒れてふた月ほど経った七月のことである。都内が梅雨の終わりを告げる夕立に見舞われた日の夜だ。新橋にある寿司屋のカウンターにいると、客が出入りするたび、湿った空気が足下に入り込んでくる。

「抗ガン剤の治療はしていますが、どれだけ効果があるかはいまのところわかりません」

容体は一進一退を繰り返している。

「そうか……」

そういったなり、安堂はじっとビールのコップを見つめた。その表情にこめられた無言の意図に気づいた彬は、それが言葉になるのを待った。

「社長、交代するんだって?」

安堂は横顔を向けたまま、きいた。かつて東海郵船を担当した安堂だが、現在は企画部に異動になっていた。企画部企画グループ次長、というのが、安堂の肩書きだ。与信ラインから離れていても、気になる情報はきちんと把握している。安堂の細やかさは、部署が変わっても、健在だ。

「ええ。父の意向もあるので、そうするみたいですね」

ガンを告知された父は自分の死を見つめ、病気と闘いながらそれに対する周到な準備にとりかかろうとしていた。死後、家族や会社が混乱しないよう、いまから打てる手は全て打っておこうという考えだ。

半ば強引に退院するや、抗ガン剤治療の合間に社長業に復帰して激務をこなす。父の精神力は、常人の領域を遥かに超えたものだ。

「常務の小西さんが社長に就任する方向で社内調整しているという話です」

小西のことは、彬も幼い頃からよく知っていた。派手さやカリスマ性はないが、温順篤実（とくじつ）な調整タイプだ。

「小西さんなら存じ上げてる」

安堂もいった。「担当しているときに、よく話をしたからね。あの人が当面社長の椅子に座るのは悪くはない」

「私もそう思います」

彬も賛成した。「それに、父の考え方や理念は、小西さんに染みついていますから。父の路線を継承してくれるでしょう」

すると、安堂は何事か考え込んだ。

「問題は、思惑(おもわく)通り小西社長で落ち着くかどうか、だな」

ふいにそんなことをいう。

「なにか、あるんですか」

「小耳に挟んだ話だが、小西常務の社長昇格に反対している者がいるらしい。聞いてないか」

「いいえ」

彬は驚いて安堂を見た。「誰にお聞きになったんですか」

「東海郵船の担当者は知り合いでね、昨日そんな話をしにきた。そんなことで社内が割れてしまっては、階堂社長のせっかくのお考えが無駄になってしまう」

「しかし、小西常務じゃなければ、いったい誰を社長にしようというんです。専務の青田さんですか。確かにあの人でも悪くないかも知れませんが、なにしろ高齢ですし、激務を任せるのは酷だと思うんです」

自分が意見する立場にはないものの、父の意向に反する動きがあると聞いただけで、穏やかならざる心境だ。

ところが、安堂のこたえは思いもよらないものだった。

「いや、青田専務じゃない。実は——君の弟さんだ」

「龍馬が？」

驚いて、彬はきいた。「まさか」

「小西さんがそんな話をしていたというんだ。たしかに、龍馬さんが将来社長になることは既定路線だとは思うが……」

彬は思わず考え込んだ。

ゆくゆくは龍馬が社長になるにせよ、物事にはタイミングというものがある。龍馬はいまだ修業中で、社長の座に就くにはあまりに早い。父は、だから小西を一旦社長に据え、中継ぎ役を任せようと考えたはずだ。

「第一、龍馬がそんな話を受けるわけがありません」

安堂の視線を頬のあたりに感じ、彬はふりむいた。

「いや、龍馬さん自身が社長の椅子に関心を持たれていると聞いた」

「まさか――」

彬は啞然として言葉がでなかった。

5

その夜、安堂との食事を終えた彬が帰ったのは銀行寮ではなく、渋谷区松濤にある実家だった。

「あら、彬さん。珍しいわね、平日に帰ってくるなんて」

母が驚いた顔をしていった。母はいま、日中は病院に顔を出し、夜は自宅に戻る生活を続けている。

「ご飯は？」

「食べてきた。——龍馬いる？」

「まだ戻ってきてないわ。誰かと会食があるとかで」

時計は午後十時を指している。

「なあ、お母さん。龍馬の奴が、東海郵船の社長になるって話、きいてる？」

母の表情が曇った。

「ええ、なんかそのつもりみたいね」

「アイツにできると思う？　まだ入社して数年だぞ。お父さんだって、社長を継ぐまで二十年近くも現場を回って修業しただろうに、それはないだろ」

「私にはわからないわよ。でも、少なくともパパは、反対ね。あなたと同じ意見」

彬は少しほっとして、「だろうな」、とつぶやいた。

「誰があいつに社長をやれなんていってんだ」

すると、母は、ちょっと困った顔になっていった。

「誰というのでもなく、龍馬さんが自分でなりたいって言い出したのよ」

彬は天井を仰いだ。

その龍馬は深夜零時過ぎに帰宅した。

「あれ、来てたの」

酒で赤くなった顔をして帰ってきた龍馬は、上着をダイニングの椅子の背に放り投げると冷蔵庫の扉をあけた。

「兄貴、ビール飲む？」

「いらない」

まだ飲み足りないのか缶ビールを出してきた龍馬は、空いている椅子にかけ、缶のプルタブを引いた。階堂家では今も昔も、食堂を居間代わりに使うことが多い。テーブルの上にあるリモコンを手に取ると、テレビをつける。ニュースでも見るのかと思ったら、彬の背中から深夜番組のバカ騒ぎが聞こえてきた。

「おい、龍馬」

彬が口を開いた。「お前、社長になるなんていってるのか」

龍馬はテレビを見たまま、すぐに返事をしなかった。

「まあね」

気のない空疎(くうそ)な返事に聞こえるが、芯の部分に彬への警戒心が滲(にじ)んでいた。

「お前、社長なんてできるのか」

「できるでしょ。別にオレひとりでやるわけじゃないし、役員だってそのままならいいだろ。オレ、役員人事、いじるつもりないし」

彬は弟を見つめた。こいつは何もわかってない。

「入社して何年だ。少し営業やったからって、会社のことわかってるわけじゃないだろ。業界内どころか、世の中のことだってろくすっぽわかってないのに、会社の舵取りなんかできるわけないだろう」

返事はない。また背後で笑いが巻き起こり、手を伸ばしてリモコンをとった彬は「切」のスイッチを押した。

「彬さん」

たしなめる母の言葉は、「なにすんだよ」という低い龍馬のつぶやきと重なった。

「いまのお前に社長は無理だ」

彬は弟を睨み付けて、いった。「バカなことはやめたほうがいい。慌てなくても、どうせ後で社長の椅子は回ってくる。小西さんに任せて、当面は会社の仕事を覚えることを最優先させたほうがいい。オヤジもそういってるんじゃないか」

父のことを口にした途端、睨み付けるようにしていた龍馬の視線が逃げていった。

「オヤジがどういおうと関係ない。オレは自分の好きなようにやりたいだけだ」

「お前の好き嫌いの問題じゃない。お前には無理だっていってるんだ」

「兄貴には関係ないだろ」

　龍馬は頬を震わせた。「なんだよ、兄貴は自分がやりたいことをやるって、うちの会社を継がなかったんじゃないか。兄貴には人事に口出しする資格なんかないだろ」

「資格はないさ。だがな、お前が目の前で間違うのを黙ってみているわけにはいかないんだよ。だから考え直せ」

「あのね、いまオレと同じぐらいの歳で、ベンチャーを起業している連中だって大勢いるんだぜ。兄貴は銀行員だからそういうこと詳しいだろ。東海郵船の仕事を知らなくたって、新しい発想で経営すればいいと思うわけよ」

「お前、本気でそんなこと思ってるのか」

　彬はあきれていった。「いいか、ベンチャーってのは、高いリスクを承知でやってる連中だ。しかも、お前は完全に勘違いしているが、連中はあくまで自分の専門分野で勝負している。それでなら絶対に負けないというものを売りにしてるんだ。新しい発想で経営するだと？　お前、いつからそんな発想豊かな人間になった。人並みの創造力と頭しかない人間に、そんな器用なことできるわけないだろ」

　一度口を開くと、世間知らずの弟に対する怒りがとめどなく込み上げてくる。「東海郵船の事業はな、一年で半分以上が消えてなくなるベンチャーとはわけが違うんだ。三百人の社員とその家族を支えている会社なんだぞ。その会社の経営を思いつきでやろうっていうのか。自分の会社のことや、自分の業界のことをろくに知らない奴になんか、会社の経営は絶対にできない。そんな甘いもんじゃないんだ」

「オレはもう四年やった」

龍馬は敵愾心も露わにいった。「その間ずっと会社のことは見てきたし、業界動向にも毎日触れてきた。営業ではもう中堅だし、兄貴がいってるほど世間知らずってわけじゃない。自分だけが世間を知ってると思ったら大間違いだぜ。銀行だけが世の中じゃない」

「少なくともオレは、お前より多くの会社を見てきたつもりだがな」

彬はいった。「素人に毛が生えたような人間が社長をやって成功した会社はひとつもない」

「社外の人間は黙っててくれ」

怒りに蒼ざめた顔でそうひと言吐き捨てると、龍馬は缶ビールをもってさっさと席を立ってしまった。

後味の悪い沈黙の中に取り残された彬は、小さく舌打ちする。傍らでは、思いがけない兄弟げんかに、母が戸惑いの表情を浮かべていた。

「確かにオレは社外の人間だよ」

その母相手に彬は吐き捨てた。「だからなんだ。明らかに間違ってることを指摘してるだけじゃないか。お母さんはどう思ってるの」

「仕事のことはわからないけれど、龍馬さんがこれで飛躍してくれたらいいなと思ってる」

母は相変わらず能天気なことを口にした。「龍馬さんは、あなたに対してもの凄くコンプレックスがあるのよ。小さい頃から勉強も遊びもかなわなかったでしょう。だから、見返すチャンスが欲しいんじゃないかしら」

「オレのせいかよ」

彬はあきれてつぶやいた。

「そうじゃないけど。でもね、彬さん。こんなときだし、プラスに考えましょうよ。もしかしたら、龍馬さんが社長になって東海郵船がいままでになく成長するかも知れないじゃない」

彬は深い吐息を漏らした。

6

「調子はどう?」

土曜日の午後、病室に父を見舞った彬はつとめて気楽な口調で話しかけた。

「まああ、だな」

蒼白（そうはく）な表情で、父は微笑（ほほえ）んだ。こけた頬、骨張った額からは、元気な頃の父の顔を想像できない。

病室の窓から、残暑の厳しい九月の空が見えている。先週から父は再び治療のために入院していた。

「閉めようか」

カーテンに手をかけた彬に、「そのままでいい」と父はいい、多少不自由になった右手を使って、胸にまでかかったシーツを少しずらした。「空が見えるから」

父が倒れる直接的な原因になった蜘蛛膜下出血という病は、父の右半身に軽い麻痺（まひ）という痕跡を残しつつも、去っていった。だが、同時に発見されたガンだけは、如何（いかん）ともしようがなかった。抗ガン剤や放射線治療などありったけの対処をした上で、あとどれだけ生きられるか。

「本、もってきたよ。この前いってた奴」

彬はいい、本屋のカバーがかかった一冊を父に手渡した。マーケティングに関する新著だ。

「ありがとう。楽しみにしてたんだ。こうして新しい本が読めるだけでも、生きている価値はあった」

　この日の父は、少し気分がいいようだった。

「あのとき、蜘蛛膜下出血でそのままあの世へいっていたら、たぶんお祖父様に叱られたに違いない」

　父はそんなことをいう。「なにやってんだって。どうせ死ぬのなら、きちんと片付けるべきものを片付けて死ねってな。ガンには参ったが、いいこともある。死ぬまでの猶予があることだ。その間に、やるべきことができる」

　どう返事をしていいものかわからず、彬は黙っていた。父は続ける。

「おかげで、この四カ月の間に、気になっていたことや、やっておくべきことはかなり片付いてきた」

　入院しているとき、父はこのベッドを作戦本部の代わりにして様々な対策を講じている。

　売上げ六百億円を超えるまでになった東海郵船はこの不況下業績もまずまずで比較的順調のように見えるが、舵を取るのはそう簡単なことではない。社長として決裁しなければならないこと、決断しなければならないことは滞ることなく常に湧いてくる。病気になったからといって仕事は待ってくれない。

　一方で、病状は、徐々にではあるが悪化してきていた。

父は人が違ってしまったかのように痩せこけ、そして老いた。悪いときには自分ひとりの力でベッドから起き上がれないこともあり、父の奮闘とは無関係に、病魔は刻々と父の体を蝕んでいる。

ベッドでできる仕事には限りがある。取引先を訪問したり、会合に出席したりという仕事は、常務の小西が代行していた。

いま東海郵船社内外で最大の焦点となっているのは、父がいつ社長を退き、そして誰にその座を譲るのかという一事だ。好むと好まざるとにかかわらず、父が社長業から退くべき時期は待ったなしで近づいてきている。

「そういえば先日、産業中央銀行の担当者が見舞いに来たよ。社長の後任人事を心配しておられるようだった」

彬はじっと父を見つめた。順当な禅譲であれば、常務の小西。だが、いまそれに、弟の龍馬が名乗りを上げている。

「龍馬はまだ若い」

父は窓越しの青空に目を細めながら、いった。「慌てて社長をやることはない。そういってるんだが……」

「それはオレもいったよ」

父と、東海郵船の社長選びについて話をするのは、実はそれが初めてだった。お互いに、避けていた部分もある。彬には、自分は家業を捨てたのだという思いがあるし、父にも、継承を拒んで銀行に入った長男にいまさら会社の話をしてどうする、という思いもあったろう。

「なんていった、あいつは」

父が弱々しい声できいた。

「聞く耳持たないって感じだったな。母さんは、オレにたいする対抗心がそうさせてるんだといったよ。それが本当かどうかはわからない」

なるほど。そう小さく父はいって、少しの間、黙った。やけに真剣な眼差しを病室の壁に向けている。

「小西さんを指名すればいいじゃないか」

父にいってみる。

「ところが、小西のほうがなかなかうんといわなくてね」

「なんで」

「役員同士のしがらみがあるというんだ。あれも結構神経が細かい」

「龍馬はなんていってるの？」

「自分は問題なく社長業はこなせるとさ。結構な自信だ。龍馬があんな自信家だとは思わなかった」

父はあきれたようにいった。「その自信に実力が伴っていればいうことないが、残念ながら、いまの龍馬では難しいだろう」

「結局、決まらずか」

「いや、小西には何がなんでもお前がやれといっておいた。来週にも手続きに入るつもりだ」

一見、弱々しいが、その言葉には元気なときの父と変わらぬ強引さが満ちている。

「それがいいと思う。ウチの融資担当者も胸を撫で下ろしたんじゃないか」

父はかすかに笑い、

「これで私もお役御免だ」

そういった。淋しげなところはなく、むしろさっぱりした明るい声だ。

「治療に専念してよ」

「それで少しばかり命が延びても、気苦労ばかりであまりいいことはなさそうだが。心配の種はつきないからな」

そういった父は、「なあ、彬」、と静かな口調で名を呼んだ。

「お前は自分の人生を生きて欲しい。力一杯にな。ある意味、お前が銀行を選んだとき、私は羨ましいと思った」

元気なとき、決して父はそんな話はしなかった。これは自分の死を前提にした話なのだと、彬は察した。

「私はお祖父様の後を継いで社長になる以外の選択肢というものを、実はほとんど考えなかったんだ。そんなのは当たり前だと思っていたし、周囲もそう考えていた」

「何かほかにやりたいことは、あった？」

社長以外の父の姿を、彬は想像することはできない。若い頃の父に、東海郵船という家業に入る以外の希望があったのか、ふいに興味が湧いたのだ。

「大学で経営学の勉強をしたかった」

父はそんなことをいった。いかにも、父らしい。「だが、東海郵船という実戦をこれだけ経験することができたんだから、最高のフィールドで学ぶことができたといえるのかも知れない。決して順風満帆とはいえない業界で、潰れていった会社もあれば、吸収合併され再編に巻き込まれていった会社もある。一旦は急成長したのに、戦略を間違えて失速し、消えていった会社もある。実にいろいろなケーススタディを横目にしながら、東海郵船は、派手さはないが、ほぼ順調に成長を遂げてきた。私はそれが誇らしいよ」

「なんか、社長退任の挨拶みたいになってる」

彬がいうと、そうか、と父は笑った。

「順調に成長してきたといっても、実はいろいろなことがあった。不況が長引いたときには資金繰りに窮することもあったし、経営戦略の策定段階で安堂さんのようなバンカーに助けてもらったこともある。最大のピンチはお祖父様が亡くなったときで、そのときはお前も知っているように叔父さんたちの副業の尻ぬぐいをしたりもした」

彬も思い出した。経営者として父が悩む姿を、そのとき彬は初めて目の当たりにしたのだ。そのことは、彬をして経営に関する興味を抱かせ、銀行という職場を選ぶ動機になった。安堂の存在はいまでも、バンカーとしての目標だ。

「だが、私の経営戦略は決して自分ひとりでは成し遂げられなかったと思う。幸い、私の周囲には非常に優秀な人間が大勢いた。まだ社長になって経験の浅い頃にはお祖父様が会長として健在で、いろいろなことを教わった。世の中で帝王学といわれているようなことも含めてな。私が経営を間違わなかったのは、結局、そういう人たちが支えてくれたからだ」

「だけど、そういう人たちを側に置いたのはお父さんだ」

彬はいった。「オレは東海郵船には入らず銀行という職場を選んだ。おかげで大勢の、いろんなタイプの経営者を見ることができたけど、順調に業績を伸ばしている経営者には必ずいいアドバイザーがいる。そういう連中を選んでつきあっているんだ」

その点、叔父たちは、父とは正反対だった。

晋叔父は気むずかしくやけにプライドが高い。崇叔父は短気でおこりっぽく人の話を聞くのは嫌い。社員はひたすらふたりに気を遣うばかりで、間違っていると思ってもそれを進言するような雰囲気もない。

　それに加え、叔父たちが連れてくるブレーンたちはいつもハズレだった。スーパーの経営を任せた友原しかり、リゾート開発を進言した紀田しかりだ。友原は口ほどの実力はなく、紀田には得体の知れないところがある。

　叔父たちのことを口にすると、「晋も崇も、それなりに苦労してきたのさ」、と父は意外なことをいった。

「好むと好まざるとに拘わらず、いまの会社をまかせられたんだ。それが叔父さんたちに与えられた命題だった。その意味で、叔父さんたちも自分で人生を決めるということができなかった」

　彬は目を見開いた。そんなふうに考えたことは一度もなかったからだ。

　父ばかりではなく、叔父たちもまた生まれながらの運命に逆らえず生きてきたというのか。

　彬は逆に、叔父たちは、東海郵船という家業にぶら下がって生きてきたような印象をもっていた。だが、父の話はまるで違う叔父たちの一面を説明するものだった。

「晋は、教職に進みたいと思っていたはずだし、崇はたしかデザイン関係に興味をもっていたはずだ。それがいまや専門商社と観光業という、まったく本人の意思や希望とは無関係の会社を経営しているんだから、それはそれで悲劇だよ」

悲劇か。

そしてその悲劇は、父一磨に対する対抗意識という副産物をもたらした。

「あのリゾート事業はどうなんだろう」

彬はきいた。「なにせ商会も観光も取引銀行じゃなくなったんで、さっぱり様子がわからない」

「うまく行ってくれればいいんだが」

父はいったものの、うまく行くと思っていないことはそれとなくわかる。

「人間の目というのは、不思議だ」

父は静かに呟いた。「純粋に経営を眺めているときには間違わないことでも、余計な感情がそこに加わることによって良からぬ方向へ向かってしまう。間違った道だということに気づかず、それが正しいと思いこんでしまう」

「お父さんは間違ったことはない？」

「あるさ」

父はこたえた。「だが、幸運なことに、最後までそれと気づかない間違いはほとんどなかった。冷静に見つめればどこかで、間違いに気づくものだ。私の場合は、間違ったと思ったら、すぐに引き返してきた」

「それは正しいね」彬はいう。

「ところが、これが意外に難しい」

父は意外なことをいった。「なぜなら、そのときにはすでに幾ばくかの投資がなされているからだ。やめるということは、投資の回収を諦めることを意味する。その回収額が大きければ大きいほど、やめるという決断は難しくなる。ところが、継続すればさらにその損失は膨らむ。いまやめることが最善の策なのに、その決断ができない。損することで得をすることだってあるのにな」

父とこうした経営論議を交わすことはいままでほとんどなかったが、この父の話は、いまの彬には腑に落ちるものだ。

「でも、やりようはあるんじゃないかな」

彬はいった。「たとえば、晋叔父さんが以前、スーパーマーケットを始めたでしょう。でもそれは失敗だった。でも、お父さんはそれを引き継ぎ、成功させた。つまり、やりようがあったということじゃない」

「大抵の場合、どこかに解決策はあるんだよ、彬。絶望的な状況でこそ、経営者の真価が問われるんだ」

父はいった。「間違ったと思っても、実は解決策はどこかにある。それを見つければ、間違いを正解に変えることができる。だが、往々にして解決策を見出すことは難しい。それを探しているうちにどんどん損失が膨らんで、後戻りできないところまで来てしまう。間違いを認めること自体が解決策なのに、それに気づかないこともある。これもまた間違いのひとつなんだよ」

禅問答のようなことを口にした父は、静かに目を閉じた。腹のあたりに置いた手が、ゆっくりと上下している。

「私は家族にも恵まれたし、従業員や取引先にも恵まれてきた。みんなに感謝してる。お前にもな、彬」

やがて父がいった。

「オレは、お父さんのためになんにもしてやることができなかった」

彬は本心からそういった。告白した、といってもいい。

父の首がゆっくりと横に振られ、唇に穏やかな笑みが浮かんだ。

「そんなことはない。お前は、私がやれなかったことをしてくれている。私の代わりに、自由な人生を送ってくれる。それだけで十分だ」

彬はじっと父を見つめ、「ごめんな、お父さん」、そう詫びた。

父が目を開き、どこか驚いたような顔になる。

「何を謝ることがある？」

「会社を継がなくて、ごめんなってこと」

父はじっと天井を見つめ、「お前がいま会社にいたら、社長はお前でもいいかもな」、そう父はいった。

「それは買いかぶりすぎだ」

笑ってみせた彬を、父は真剣な顔をしてベッドからみている。

「私が死んだ後、気が進まないかも知れないが、龍馬のことを、いや東海郵船のことを気に掛けてやってくれないか」

「気に掛けることはできても、オレが助言するのは無理だよ、お父さん」

彬はいった。「オレは東海郵船の社員じゃないし、融資担当でもない。何の関係もないのに、口を出したりしたら煩がられるのがオチさ。お父さんが叔父さんたちに助言したって、きかなかっただろう。同じことだよ」

「そうか……」

父は寂しそうにいった。「そうかも知れないな。だが……」

そのとき、個室がノックされ、庄司医師が看護師をひとり伴って入室してきた。彬を見ると、小さく会釈をする。それに返した彬は、

「じゃあ、オレはそろそろ帰るよ。もうすぐお母さんが来ると思う」

父のベッドを離れた。そのとき、

「彬」

父が彬を呼び止めた。振り返ると、意外なほど真剣な眼差しが彬を向いている。

「実はいま考えていることがあるんだが……まあいい」

父にしては珍しく、中途半端に言葉を切った。

考えていること？

具体的にそれが何なのか、彬の脳裏には浮かばなかった。階堂の家のことか、母のことか、あるいは龍馬のことか。

だが、それとは別に、残された人生の中で、父なりの何かを彬に託そうと必死になっていることだけは明確に伝わってくる。

「ああ。また今度ね」

彬はしっかりと父の視線を受け止めていい、庄司たちと入れ替わりに病室の外に出た。

7

一磨の闘病はいよいよ壮絶なものになっていった。

見舞いに行くたびに容貌は無惨に変わっていき、その頃になるともう普通の食べ物は受け付けなくなっていた。自分ひとりでは起き上がることもできず、数人がかりで風呂に入れてもらい、生活のほとんどを他人に依存しなければならない。

誰の目にも一磨の死期が近づいていることは明らかだった。彬の仕事は相変わらず忙しかったが、休日には病院にかけつけ、できるだけ父と一緒に過ごした。父は眠っていたり、たとえ起きていたとしても意識が混濁したりして、なにをいっているのかわからないようなこともあったが、それでも時折、普通に戻って、話せるときもある。

病気との戦いは敗色濃厚ではあるものの、決して一磨は戦うことをやめなかった。それは担当医の庄司でさえ舌を巻くほどで、一磨は決して痛いとも苦しいともいわず、ひたすら戦いを継続したのである。

東海郵船の新社長に就任した小西と会ったのは、冷え込みも厳しくなった十一月末のことであった。

病床の父が、小西と龍馬を説得し、小西に社長の椅子を譲ることに、龍馬も渋々、了承していた。

「よろしくお願いします、小西さん」

そう頭を下げた彬に、小西は恐縮して、「こちらこそ」、といった。

父との面会を終えて出てきた小西の表情は幾分、蒼ざめており、父に残された時間がそう長くはないことを胸に刻んだに違いなかった。

「父の後を継いでいただいてありがとうございます。実は、心配していたんです。龍馬が継ぐなんていってたものですから」

小西は複雑な表情を浮かべた。

「正直、本当に、私が社長になってよかったのかな、という思いもあります。龍馬さんがいずれ社長をされるまでのつなぎになればと思っていますが、いろいろと言う人がいましてね」

小西が気にしている役員同士のしがらみだ。「東海郵船の社長になって階堂家と訣別することを画策しているのではないかとか。私はまるでそんなことは考えていません」

「わかっています」

小西のことは昔から知っている。父が信頼し重用してきた人物で、もちろん彬も信用を置く男だ。

階堂家の人間であれば納得だが、それ以外の者が社長をすることには抵抗を示す。同族企業として長い歴史があれば、そういう反応が出てくるのはやむを得ないことなのかも知れないが、たしかに小西も気の毒だ。

「大変でしょうが、よろしくお願いします。父もそれで安心していられると思うんです」

「それはそうかも知れませんが、株の問題もありますし」

小西は厳しい表情を浮かべた。

父は東海郵船の八割近い株を所有する大株主だ。

もし父に万が一のことがあれば、その株は龍馬が継ぐことになるだろう。そうなった場合、会社は大株主である龍馬の意向に反しては経営することができなくなる。小西は単なる飾りに過ぎず、結果的に龍馬が会社を支配するのと同じである。

「龍馬さんとは最近、お話になりましたか」

「いえ」

彬が普段、銀行寮で生活していて松濤(しょうとう)の実家にはたまにしか帰らないという事情もある。だが、龍馬のほうでも、彬を避けているフシがあった。

どうせ話したところで喧嘩になるだけ。そう思っていたから、あえて彬のほうから龍馬と話そうともしなかった。

「どうもこの社長人事を今ひとつ納得されていないようで」

彬は呆(あき)れ、龍馬の世間知らずに怒りを憶(おぼ)えた。いまは東海郵船にとって近年にない危機だ。そんな大事なときに会社にとってのベストを考えず、我(が)を通そうとする。それが許せない。

第一、今回の社長人事に伴い、龍馬は社長にこそならなかったものの、新設した営業企画部の部長に就任していた。取締役営業企画部長というのが、龍馬の新たな肩書きだ。最年少の取締役として、将来への社長就任へ道すじをつけた形である。退任した父に代わり、いまや創業家を代表する立場とはいえ、過分な対応である。

「気になさらないでください」

彬はいった。「弟ではまだ社長は無理だし、若すぎてそのことに気づかないんだと思います。いま誰が社長に適任かといえば、小西さん以外には考えられません。あれこれいうのは簡単だけど、社長業はそんな簡単なものじゃない」

小西はほっとした顔になって礼を述べた。

「階堂社長の求心力には遠く及びませんけれども、精一杯務めさせていただきます」

病院の廊下で交わした、短い会話だった。

その後、父の病状がますます悪化してくると、今度は誰もが遠慮してあまり訪ねてこなくなった。

新しい年が明け、あっという間に四月になった。その最初の土曜日の午後、彬が訪ねたとき、ほとんど骨と皮ばかりになった父が、青白い顔で瞼（まぶた）を開いていた。

「気分はどう？」

父は、荒い呼吸をしており、「どうやら、よくないらしいな」、といって頬のあたりを動かした。笑おうとしたのかも知れないが、それは全身を覆う苦痛と呼吸困難のためにかき消され、重苦しい沈黙に変わる。

しばらくその様子を見つめていた彬は、父のあまりに苦しそうな表情に廊下に出て、看護師に声をかけた。

病室に戻ると、浅い息をしている父が彬を見ていた。

「彬……」

父の声が呼び、シーツの上の手が動いて彬の手を握った。

「いま庄司先生が来るから」

彬は耳もとでいった。固く目を閉じたまま、父は彬の手を握る指先に力を込める。こんな力がどこにあるかと驚くほど強い力だ。

「お母さん、呼んでくるよ」

父の容体の変化にただならぬものを感じた彬はいい、立ち上がりかける。

そのとき、

「彬」

父の口からかすれた声が出た。「聞け」

彬は、自分の手を握る指先から生命の営みが徐々に抜け落ちていくような喪失感を覚え、それを強く握り返した。

「お前には……私の、全てがある。これからいろいろなことが起きるだろうが、そんなとき、私がどう考え、どう行動するか……お前にはわかるはずだ。お前には、私を超えて欲しい。私が出来なかったことをやり遂げて欲しい……」

父はもの凄(すご)い形相(ぎょうそう)で、彬を見つめていた。これだけいうのに、父は全身の力を振り絞っている。父がぶつけてきた壮絶な思いの全てを、彬は真正面から受け止めようとした。

ガンに冒(おか)された全身の苦痛と戦いながら、父は彬に最後のメッセージを託そうとしているようだった。

「お母さんを、元気づけてやってくれ」

父がいった。「私が死んだら、お前が階堂家をひっぱれ。お前には、それだけのものがある。それと……お前は気が進まないかも知れないが、お前に頼みたいことがある。お前にしか頼めないことだ」

「なんでもいって、お父さん」

彬はいったが、何かいおうとした父の口から、言葉は出てこなかった。ぐっと目を閉じ、激しさを増したらしい痛みの波が体を通り過ぎるのを待つ。ドアがあいて、担当医の庄司が足早に近づいてくると父を覗き込んだ。

脈をとり、それから容体を眺める。そして、傍らで様子を見ていた彬に切迫した表情で振り向いた。

「ご家族の方に連絡していただけませんか」

彬は刹那(せつな)、言葉を失ったが、すぐに父の耳元に向かっていった。

「お父さん、お父さん――」

呼びかけたが、反応はない。「もうすぐ、お母さんたち来るから。がんばって。がんばってくれ――」
彬は病室を駆けだした。

8

階堂一磨が、壮絶な闘病生活の末、息を引き取ったのはその夜のことであった。

享年六十六。経営者として、若すぎる死だった。亡骸になった父は、一旦階堂家に戻った後に斎場へと運ばれ、通夜、そして葬儀という、人が亡くなったときの空疎な儀礼を経て、ついに空へかえっていった。その一連の出来事は、喪主となった彬にはあまりにも慌ただしく、悲しみを実感するだけの余裕すらないほどだった。

親族が集められたのは、別れの儀式が全て終了し、火葬場から松濤にある自宅へと戻ってきたときであった。

座敷に集まった遺族の前に立ったのは、東海郵船の顧問弁護士を務める中谷だ。父の大学時代の友人でもあった中谷は、父との思い出を語り、悔やみの言葉を述べた。

「一磨社長は遺言書を作られており、その開示を小職に託されましたので、ここで皆さんにお知らせしたいと存じます」

「遺言？　そんな話、聞いてないな」

そういったのは、崇叔父だ。いや、崇叔父だけでなく、彬だって、初めて聞く話だった。

「お義姉さん、聞いていたのかい」

晋叔父に聞かれて、「遺言書を書くという話は聞いてましたけど、中味は知りません」、と母はこたえる。

「まあ、いいだろう。先生、発表してください」

晋のひと言で、中谷が全員の前で蠟封をした白い封筒に鋏を入れる。父の直筆による用箋何枚にも及ぶ遺言書が現れた。

「それでは読み上げます」

中谷は威厳をこめた声で、その内容を読み上げた。

「――遺言者階堂一磨は、本件遺言書により次のとおり遺言する。松濤の自宅土地建物は彬に譲るが、ママが今まで通りここに安心して住めるよう取り計らってもらいたい。次に私の金融資産については次のように分割して遺すことにする」

遺言書はその中味を詳細に書き記し、それぞれについて母と彬、そして龍馬というふうに割り振っていた。

聞いていた彬は、ふと首を傾げた。松濤の土地建物の資産価値は相当なものだが、それを差し引いても、彬の取り分が少なく、龍馬に手厚く配分されていたからだ。逆にいえば、金融資産として彬が手にするものは、ほとんど微々たるものといって良かった。だが、それは正しい。何故なら龍馬はゆくゆくは東海郵船の社長になるが、会社経営はいつ何時、どんなことが起きるかわからないからだ。私財を投げ打つ場面も出てくるかも知れない。そのときのために、龍馬に金融資産を厚めに配分しておくのは悪くはない。父もきっと同じことを考えたはずだ。だが、遺言書には、その奇妙な配分の理由について書かれてはいなかった。

父の遺言は、細かく様々な人に配慮したものになっていた。叔父たちやその妻。そして細々と父の世話を焼いてくれた使用人たちにも、それなりのものを遺してやる。生前、あまり感じさせることはなかったが、ここまでの心遣いを密かにする人だったのだと遺言で初めて気づかされた気がする。

中谷弁護士の読み上げる遺言は佳境に入っていた。

「私名義の有価証券類については次のようにする――」

またしても、投資有価証券や投資信託といった類の多くは龍馬と一部は母が相続した。なんで龍馬ばかりが手厚くなっているのか。この頃になると、聞いていた親戚の間にも違和感があるらしく、「彬さんには冷たいのね」、というような叔母の声が聞こえたりする。

「さて最後に東海郵船の株式についてだが」

親族で出始めた雑音が、その瞬間、止んだ。「私が所有する全ての株式は――彬に譲ることとする」

誰もが一瞬、我が耳を疑ったかのような静寂に包まれた。いや、凍り付いた、といってもいい。

「おい、ほんとうかよ。兄貴はどうかしちまってたんじゃないか」

荒々しい感想を口にしたのは崇叔父だ。晋叔父は、不機嫌な様子で腕組みをして黙りこくった。そんな騒ぎの中、

「なんだそれ」

ふて腐れたように吐き捨てたのは、やはり龍馬だった。「兄貴なんか、東海郵船とはなんの関係もないじゃないか!」

「――遺言を明確にするため、私階堂一磨が自筆で右内容をしたため、ここに署名捺印(なついん)するものである」

遺言は、弁護士による日付と名前の読み上げによって、開示を終了した。

沈黙が息苦しいほど重いものへと変わる。

「遺言は以上です。どうぞ、確認したいことがある方はご覧ください」

そういって、中谷がテーブルの上にそれを広げたが、内容を確認しようという者は誰もいなかった。

「先生、この遺言を作成するときに立ち会われたんですか」

晋叔父がきいた。

「もちろんです」

中谷がこたえた。「故人は、ご自身の意思でこれを書いたので見て欲しいといわれました。それで私が中味をチェックした後、この文面を清書されたのです」

遺言書は、父の達筆な文字で記されてはいたが、その病状を映すかのようにところどころ筆跡が乱れたりしているところがあった。

「まったく、こんな遺言があろうとはなあ」

崇叔父があきれたようにいい、じっと彬に視線を寄越すのがわかった。

こういうことだったのか……。

半ば放心状態で、彬は思った。

父が最後に言おうとしたこと。

――お前は気が進まないかも知れないが、お前に頼みたいことがある。

こんなやり方はフェアじゃない、お父さん。

心の中で彬は思った。

東海郵船という会社を継ぐことを拒絶した彬に、こんな形で会社を押しつけるなんて。

父にしてみれば、彬を株主にすることによって、龍馬の経営監視を強めようという思いだったのだろう。

だが、龍馬はそんなことを喜ばないし、そもそも受け入れはしないだろう。

「冗談じゃないぜ、まったく！」

龍馬がいい、「兄貴、兄貴が相続した株、オレに売ってくれよ」、そういった。

「そのほうがいいかも知れないな」

彬もまたそういったとき、鋭い声がした。

「なんのための遺言なの！」

母だ。いま母は涙ぐんで、龍馬と彬を交互に睨み付けるようにしている。「パパがそうしてくれって頼んでるんじゃないの！　それなのにあなたたち、なに勝手なこといってるの！」

それまで、ずっと堪えていたものがそれで解放されてしまったのか、そういうと母は誰憚ることなく泣き崩れた。

途方にくれて親戚たちが顔を見合わせる中、母を連れて部屋を出た彬は、居間を兼ねた食堂につれていって椅子に座らせた。

「コーヒー、飲む？　お母さん」

「エスプレッソちょうだい」

エスプレッソマシンで母のために淹れ、彬は冷蔵庫から三百五十ミリリットルの缶ビールを一本とってプルタブを引いた。

飲んででもいなければやっていられない気分だ。

「あなたのいいたいことはわかるわよ」

やがて母はいった。「だけど、パパのいいたいこともわかるのよ」

そうか、としかいいようがない。

「パパは、本当はあなたに東海郵船を継いでもらいたかったのよ。龍馬とあなた、どっちが社長に相応しいかは誰だってわかる。だけど、あなたにはあなたの好きなことをやってもらいたいという思いもあった。パパは自分の中でずっとそんな葛藤を抱えていたんだと思うわ」

「でも、それじゃあ、龍馬の立つ瀬がない。オレに口を出して欲しいとは思わないんじゃない？」

「かも知れないわね」

母もそれは認めた。「でも、それでも――パパのいうこと、聞いてあげて」

まったく理由になっていない。

だが、とめどない涙を流す母を前にして、彬はもう何もいうことはできなかった。

第十章　叔父たちの策略

1

「このタイミングで、追加融資ですか？」

三友銀行本店営業部の江幡貞夫は、素っ頓狂な声を出して大げさに驚いて見せた。

「融資どうこういう前に、この業績なんとかしてもらえませんか」

応接室のテーブルには、階堂晋が持参した財務資料が広げられていた。

ロイヤルマリン下田の創業から五年目。東海郵船では階堂一磨が没して二年が経ち、いまも、かつて番頭格だった小西が社長を務めている。

銀行本部ビルの十五階にある部屋からは大手町のオフィス街が見えた。空調設備から吹き出す冷気が、どっと汗の噴き出した首筋を撫でていく。

晋が経営する東海商会、その三月期決算は赤字になった。本業も厳しいが、もっと深刻なのは、ロイヤルマリン下田だ。開業当初こそトントンに近かったが、バブル崩壊と共に業績は急速に悪化。ここ二期連続の赤字で、ついに前期の赤字額は五億を超えた。

「土地の買収と建設、ホテル完成までに二年。さらに開業三年は赤字になるという当初からの見込みでしたが、この不景気で少々立ち上がりが遅れております」

精一杯の強がりをいう。だが、〝逃げ足だけは天下一品〟との悪評高い三友銀行の、しかも本店の調査役である江幡をそんな言葉で納得させられるはずはない。

「たしかに計画ではそうなってました。でも、年間五億円もの赤字となると想定外でしょう」

「こういう事業は、波がありますから。どんな業績であれ、我々はやるべきことはきちんとやっています。もうしばらく辛抱して見ていていただけませんか」

晋は、先日コンサルタントの紀田からいわれた言葉をそのまま口にした。

そのとき、確かにそうだ、と思って納得した晋だったが、同じことを聞いた江幡は「黙って見てられるわけないでしょう」、と反駁に出た。

「改善の傾向が見られるというのならともかく、開業してからこっち、ますます稼働率は悪化して赤字も拡大している。これでは追加支援どころか、いままで融資した分を返済してもらいたいぐらいですよ」

融資をするときには揉み手で近づいてくるくせに、一度業績が悪くなったと見れば容赦なく追及する。まさに手のひらを返したような態度で、〝逃げ足の三友〟の面目躍如だ。

「考えられる手は打ってますよ」

晋はムキになって反論した。「削れるコストは削ってるし、支配人が中心となってサービスの質も向上させています。集客も東海観光で目玉商品として大々的に扱ってますし」

「それはいつからですか」

江幡は無遠慮な口調できいた。

「いつからって、ずっとやってきたし、特に東海観光のキャンペーンは今年になってから宣伝費を上乗せしてます」

「復調の兆しが見られないじゃないですか」

「これからですよ、江幡さん」

晋は力説した。「ここが創業期の正念場だと位置づけてるんです。苦しいときこそ、積極的に集客して、なんとかロイヤルマリンの良さをわかってもらおうと。そのためにはこの三億円の資金は、ぜひとも必要なんです」

返事はない。

晋がもってきた資料を手にした江幡は、じっとそれに見入ったまま椅子の背もたれに体を預け、足を組んだ。

「集客チャネルとして、東海観光では弱すぎる。大手の旅行代理店を噛ませるとか、もう少し工夫してくださいよ。多少、客単価が下がったとしても、空いてるよりは格段にいいじゃないですか」

ごもっともな意見だが、ひとつ問題があった。崇だ——。

その翌日、麻布にある中華料理の店で崇と食事を共にすることにした晋は、銀行での出来事を包み隠さず話すことにした。

「あの江幡ってヤツ、そんなこといってんのか」

案の定、短気な崇は、もう、こめかみのスジをひくつかせはじめている。

「代理店の補充が融資の条件だっていうんだ」

晋は江幡のせいにして用向きを伝えた。「オレもその意見はどうかと思うが、いま三友に退かれては資金繰りに困る」

崇の睨め付けるような酔眼が、向いた。

「おい、兄貴。それでまさか、ほんとうに他の代理店を参入させるなんていうんじゃないだろうな」

以前、同じ話をしたときには、ここで引き下がった。三年ほど前のことだ。そのとき集客に自信を見せた崇だったが、結果は一向に出ないどころか客足は落ちている。出来ることなら崇との間に波風はたてたくはないが、状況が悪過ぎる。

「悪いが、今度ばかりは参入を検討せざるを得ないぞ、崇」

「バカなことをいわないでくれ」

崇はちょっとした形相になった。「そもそも客が来ないのは、支配人の宮本のやり方に問題があるんだ。ホテルの魅力が足りないんだよ」

「もちろん、それも変えていくつもりだ」

晋はいった。「だけど、それには時間がかかる。だから、まず手っ取り早く集客ルートの確保から動くことにしたい」

「だったら、ウチの連帯保証、外すように三友にいってくれよ」

出来るはずのないことを崇はいった。「ウチの保証分、返済するなりしてくれ」

「まあ、待て」

極論を口にする弟を、晋は宥めた。「残念ながらいまは借金を返済する余裕はないし、そう慌てて結論を出すことでもないだろう」

崇は拗ねたように押し黙る。末っ子で甘やかされて育ったせいか、聞き分けの悪い子供そのままだ。

「大手の代理店とは、契約期限を設ける。その間にリピート客で賑わうようになればもう必要はない。それから先は今までどおり、東海観光一社でやって欲しい。それでいいじゃないか」

崇はじっと晋を見たまま、その提案のメリットについて考え込んでいる。

「絶対だな、兄貴」

ねじ込むような視線を、崇は向けてきた。その強い眼差(まなざ)しを受け止めながらも、崇が条件を呑(の)んだことに、晋は内心ほっとした。

「だけど、安心するのは早いかも知れないぜ」

崇は続ける。「兄貴が今度調達するのは経費の支払い資金だろ。それだって一年もたず、次のカネが必要になってくる。そうなったとき、乗り切れるか」

それは晋の胸中にも引っ掛かっていることだった。

「数億円単位の金を銀行から引き出すのに、逐一(ちくいち)、あの江幡にあれこれ言われるんじゃかなわないだろう。もっと根本的な打開策があるんじゃないか」

意味ありげな崇の表情に、いわんとするところは、すぐにわかった。

「東海郵船か」

「そうだ」

崇はこたえた。「もう一磨兄貴はいない。なら、東海郵船に出資させるか、借入金の保証をさせることで資金調達はひと息つけるはずだ」

「あの小西が乗ってくるかな」

晋は懸念を口にした。

「あれはだめだと思う。そうじゃなくて、龍馬を社長にするんだよ」

意外なことを崇はいった。だが、それは考えるまでもなくいいアイデアだ。

「なるほどその手があったな」

実は兄一磨が病に倒れたとき、社長になれと龍馬に吹き込んだのは晋と崇だった。龍馬をその気にさせるのは世話なかったが、その後、一磨が半ば強引に小西を社長に指名したことで、ふたりの思惑は頓挫したのである——が今ならチャンスかも知れない。

崇が続ける。

「東海郵船内には小西のことをこころよく思っていない連中が少なからずいる。それは兄貴も知ってるだろう。いわゆる反対勢力というヤツさ。秋本はその筆頭だ」

秋本丈司は、東海郵船の営業担当常務だ。

「仕掛けてみるか」

しばらく考え、晋はいった。

2

東海郵船の秋本丈司が、階堂晋から食事の誘いを受けたのは、それから二週間ほどした木曜日のことであった。

指定された虎ノ門にあるビルの最上階、中華レストランの個室へ行くと、晋が先に来ていた。

「やあ、久しぶり。お忙しいのにお呼び立てして悪かったね」

笑顔で招き入れると、遠慮する秋本を「いいからいいから」、と無理矢理、上座に座らせる。

「本日はお招き、ありがとうございます」

恐縮して頭を下げた秋本とは、かつて東海郵船の商事部門で晋の下で営業担当をしていたこともあって旧知の間柄であった。その商事部門はその後分社化されて東海商会となったが、秋本は営業手腕が評価されて〝郵船〟に残った。

テーブルにはもうひと組、皿がセッティングされていた。

「崇だよ。あいつは約束の時間より前に来たことがない」

すると、まるでそのひと言が聞こえたかのように、当の本人が慌ただしく入室してきた。

すぐに生ビール、そして前菜が盛られた皿が運ばれ、食事がはじまった。

晋の馴染(なじ)みの店らしく食材は吟味(ぎんみ)されて申し分ないが、それにしても、と酒と料理を口にしながら秋本はどうにも落ち着かない。

わざわざ食事に呼び出された目的が、どうにも見えてこないのだ。

晋だけでなく、崇までもが現れたとなると、これは単なる気まぐれや様子伺いというには大げさで、何かがあるはずである。

経済から政治、さらにゴルフと、ふたりの話題は賑やかに尽きることはないが、表向き話を合わせながら、秋本は、尻の辺りがむず痒(がゆ)くなるような落ち着きのなさを感じていた。

そしてあちこちに飛んでいた話題が、ようやく仕事の話に振り向けられたのは、小一時間も経(た)った頃である。

「ところで、郵船の業績はどうだ」

まるで何かのついでに思い出したような口ぶりで晋がきいた。

「まあ、この景気ですから、ウチだけ上々、というわけにはいきません」

秋本は言葉を濁す。

「赤字か」

遠慮のない晋の問いに、「いいえ。利益些少(さしょう)といったところです。問題は昨年度よりも今年一年の業績のほうです。この景気ですし」、そう秋本はこたえた。

たしかに景気は悪い。

だが、それとは別に秋本には、腹にため込んでいる不満があった。

他でもない、小西社長の経営方針である。

先代一磨の経営路線を継承するとはいっているが、ひと言でいえば融通が利かない。

景気低迷という逆境に萎縮し、臆病になりすぎている。

こういう時こそ、攻めに出るくらいの前向きな姿勢が必要なのに、小西ときたら秋本ら営業部が主張する積極策はことごとく排し、ひたすら縮小均衡にばかり舵を切るのだ。

これでは景気と共倒れすることはあっても、増収増益は夢のまた夢である。

「小西はどうだ。傍目には腰が引けているように見えるんだがな」

晋の指摘は、まるで秋本の心を見透かしたようで、思わず頷いてしまった。

「そうなんです。物流が減っているからといって、設備投資は極端に控えているし、営業費など削減される一方で。これでは動くに動けません」

「あれは所詮、経理屋だ」

晋のひと言は、まさに小西という男を言い当てていた。

経理屋、生真面目、小心者。

なくなった階堂一磨への忠誠心で経営しているつもりか知らないが、この経営環境だ。一磨であれば、何らかの手は打っただろう。少なくとも、そういう閃きのようなものがあるひとだった。

だが、小西にはそれがない。

「このままなら〝郵船〟は鳴かず飛ばず。経理畑の者が実権を握り、営業部が冷や飯を食う。そんな会社が栄えるはずはない」

「ごもっともです」

まさに、我が意を得たりである。さすが晋だと、秋本は溜飲の下がる思いだ。

「なあ、秋本。いつまで小西になんか任せておくつもりなんだ」

それまで、ふたりのやりとりを聞いていた崇がいった。「お前が社長をやったらどうだ」

「いえ、私などは」

秋本は首を横にふったが、それはまったくの本音でもあった。客観的に経営を眺めて評することはできても、自らが社長になって東海郵船を引っ張っていくのは難しい。

「なんでだ。遠慮することはないじゃないか。こういう難しい時期こそ、営業部出身のお前が会社をリードしなくてどうする」

崇にいわれても、

「いえいえ、私では社員がついてきません」

秋本は本心からそういった。

それには理由がある。

東海郵船は、階堂家のいわば家業であり、代々階堂家の者が社長をつとめてきた同族企業だ。長年に亘る同族支配により、血筋でないと経営者になれないという閉鎖性はあっても、身を任せてしまえば楽な点もいくつもある。意思決定はスピーディだし、経営責任の一切は社長が取る。難しい経営判断も、社長が「こう」といえばそれで終わりだ。

だが、いまの小西は違う。

奉公人としての同じ目線で批判され、常に、不満の矛先を向けられる。

階堂家の同族企業として長くやってきた東海郵船の社内は、階堂家の者なら納得だが、外様では納得しかねる——そんな精神構造が根強くできあがっているのだ。

「だったら、誰がやればいいんだ」

崇にきかれ、秋本ははたと考えた。

「本当は龍馬さんだと思うんですけどね」

やがてそう応えた途端、その場に奇妙な沈黙が落ちた。

「龍馬ね」

崇がぽつりという。

晋は、親指を顎につけて何やら考えていたが、ちらりと崇と視線を交わすと、

「別に龍馬でもいいと思うけどな」

そういった。「お前が、龍馬の後見をしてやれよ」

「私が、ですか」

いきなりの話に戸惑いつつ、秋本はいった。

「我々もそうだが、やっぱり社長は営業出身がやるべきだと思うね。どうせ、黙っていてもそのうち龍馬が社長になるんだろう。それが何年か早くなるだけのことじゃないか」

「龍馬も、オヤジが亡くなったときには、社長をやる気になってたと思ったが」と崇。

「そうでした」

こたえた秋本の頭に、龍馬を社長に担ぎ出した後の図が、ぼんやりと浮かんだのはこのときだ。

「小西では結果がでない。それはもうわかったろう。かといって、君が社長では気詰まりというのなら龍馬にやらせてやってもいいんじゃないか。それで君が裏から指図すればいい」

たしかに、それはいえる。

小西は二年、やった。

この二年間で、社内には抑えようのない不満が溜まってきている。このまま小西が続投しても、業績の好転は望み薄だ。

ならば、このタイミングでの社長交代はたしかに有りではないか。

「考えてみます」

秋本がいうと、

「考えてなんとかなるような話か」

崇が、じれったそうにいった。「お前がその気なら、まず小西を説得することだ。我々も力になってやる。あいつだって、龍馬が社長なら納得するだろうさ。自分のふがいなさもこの二年間で思い知っただろうしな。この二年間を総括すれば、龍馬にとっても、お前ら営業畑の者にとっても雌伏の時だったといえるんじゃないか。もうこれ以上、我慢することはない」

いったい東海郵船がどこへ行こうとしているのか、何をやりたいのか、それが見えないまま悶々と過ごしてきた小西体制の二年間であった。

いまの経営方針に納得している者は営業部にひとりもいない。営業ノルマは与えられても、顧客に提案できる目新しいものが何もないからだ。

新船ないしは用船、新規事業、企業買収——秋本が提案した事業拡大策、経営戦略が採用されたことが一度としてあったか。

否、だ。時期尚早、地合いが悪い、リスクが高すぎる、ビジネスプランとしての見通しが悪い——。

難癖を付けるのは簡単だが、ならば代替案があるかといえばそれはない。従来通りのラインナップ、価格体系、顧客を維持しつつ売上げを伸ばせというばかりだ。

環境が悪化し競合が激化する中、いままで通りのことをしていれば収益は先細りになる一方だ。

このままでは、東海郵船の業績はジリ貧になる。

「これからの東海郵船をリードするのは君だ」

晋の口調は確信に満ちていた。「君が社長に座るのではなく、龍馬を据えて背後に回ったほうがうまくいく。それならそれでいいじゃないか」

「いま何もしないのは、むしろ怠慢だぞ。正義は我に在りだ」

仰る通り——。崇のひと言に、秋本は思わず頷いていた。

小西を下ろして、龍馬を社長に据える。

現体制に不満を抱えつつも、事を起こすのはまだ早いのではないかと自分で勝手な常識を働かせていたが、それは間違っていたかも知れない。

「待っていいことは何もない。行動を起こすのなら今だ」

崇にいわれ、秋本は自分の気持ちが動くのを感じた。

こんな話になるとは、ここに来る前には想像もつかなかった。だが、ひと度切り出されてみれば、何のことはない必然に思える。

秋本は身震いするような興奮を覚えた。

「貴重なご意見をありがとうございました」

ともすれば震えそうになる声で、ふたりに頭を下げる。「さっそく持ち帰り、至急、詰めたいと思います」

頷いた晋は、手近にあったカラフェを取ると、半分ほど空いていた秋本のグラスをいっぱいにした。

「東海郵船の――いや、東海郵船グループの将来に乾杯だ」

秋本は両手でグラスを支え、恭しく掲げると一気にそれを飲み干した。

うまい酒だ。これを美酒といわずしてなんという。


「うまくいくかな」

傍らに馴染みの女を侍らせて腰に手を回している崇は、場に似合わない生真面目な顔で水割りを口に運んでいる晋にきいた。

秋本と別れてふたりが向かった行き付けのクラブだ。

晋の表情は中華料理店で丸テーブルを囲んでいるときよりも、むしろ強ばっているように見える。

気持ちはわからんではなかった。

秋本の手前、余裕の表情を装っていたが、晋の頭の中は資金繰りのことで一杯だ。

「うまく行ってくれるといいが……」

眉間に皺を寄せた晋は、深刻な表情でグラスを睨み付けている。

この日ふたりが仕掛けた策略には、東海商会だけでなく東海観光、さらにロイヤルマリン下田の命運がかかっているといって良かった。

目的は、東海郵船の連帯保証だ。

堅実な財務内容の東海郵船の保証があれば、ロイヤルマリン下田の業績にかかわらず三友銀行が融資に応じるのはまず間違いない。

まずは小西を下ろし、与しやすい龍馬を社長に擁立する。

そのために秋本は、必要不可欠な後ろ楯だ。

「秋本ならなんとかするさ」

崇の言葉に、秋本に対する信任が透けて見えている。

後継者に小西を指名したのは一磨だが、取締役の中にはイケイケドンドンで営業部を率いてきた秋本がなぜ社長ではないのかという声もあったと聞く。

社内政治のバランスからいっても、小西体制の膠着状態を打破できるとすれば、秋本以外には考えられない。

「兄貴、そう難しい顔をするな」

崇は、いまだ思案顔の晋にいった。「あいつはやるよ。オレにはわかるんだ。感じなかったか。あいつは不満の塊だっただろう。オレたちの都合は脇に置いても、どのみち小西じゃもう無理なんだよ」

「お前は気楽だな。そんなに簡単にいくんなら苦労しないさ」

その言葉とは裏腹に、いま晋の唇に歪んだ笑いが浮かぶのが見えた。

3

「社長を辞めろと、そういうことか」

そのとき小西が浮かべたのは明確な苛立ちであった。オーバル型のテーブルでは、その小西の向かい側にかけ、常務取締役の秋本が炯々たる眼差しを向けてきている。

取締役会の席上であった。

会の冒頭、決算内容について難波経理部長から詳細な報告を行った。

そこまでは予定通りだったが、問題はその後だ。決算内容に関して何かないかと問うたところ、発言の許可を得た秋本から出てきたのは寝耳に水の経営批判だった。

決算に関する問題点の指摘に始まり、目標管理をはじめ経営サイドのマネジメントに対する批判、さらに消極的な経営姿勢こそ問題であるという秋本の持論に発展し、ついに、「社長として責任をとるべきではないか」、というひと言が飛び出した。

社内に不満がくすぶっていることは認識していた小西であったが、さすがにここまでとは思わなかった。

「経営計画と実績の乖離が甚だしい。いったい、あなたはいつまでこんな経営を続けていくつもりなんですか」

秋本は、興奮で顔を赤くして人差し指を小西に突き出した。「いや——いつまで社長に居座るつもりなのか。それをお伺いしたい」

「社長の地位に恋々とするつもりはない。しかし、ここは私の去就を話し合う場ではないだろう」

反論した小西であったが、そのときふと、あることに気づいて言葉を呑んだ。自分を見つめる取締役たちの目だ。その目に込められた、ただならぬ気配である。

この連中は、予めこの展開になることを承知していたのではないか。

それを察した途端、小西の体の中で何かが高まり、熱くなるのを感じた。

「いったい、君たちは何を企んでるんだ」

声を荒らげ、小西はその場に問うた。

「企んでいるのではなく、懸念しているんです」

秋本は、鋭く突き刺すような目で小西を射た。「この二年間、あなたの経営方針に従って鋭意努力してきた。しかしいま我々は、あなたのリーダーとしての資質に多大な疑問を抱いています。成長から見放された現状、そしてふがいない決算をまとめながら、あなたには当然持つべき危機感がない。無策にもかかわらず、我々取締役が提議した設備投資、新規戦略はことごとく否定する。我々は、このような閉塞的状況に強い懸念を表明するものであります。いま現体制を総括し、明確な評価を下した上で可及的速やかに組織の立て直しを図るべきではないでしょうか。議長――」

秋本は立ち上がると、議長をつとめる総務部長の香坂に向かって一際大きな声で言い放った。「ここに小西文郎代表取締役の解任動議を求めます」

あまりにも突然だ。

「ちょっと待ってください、秋本さん」

動揺した香坂が両手を前に出し、まるで秋本を落ちつかせようとでもするように動かしている。「あなた本気でいってるんですか」

「理由はいま申し上げた通り。この場での採決をお願いします」

「もっと冷静に話し合いませんか。だいたいこんな形で――」

「ここに香坂取締役会議長を解任すべく動議をします」

突如、秋本が香坂を遮った。「賛成の方は挙手願います」

小西は目を見開いた。出席している取締役九人のうち、即座に六人の手が挙がったからだ。

ここに至って、はっきりと判ったことがある。これは秋本の突発的なパフォーマンスでもなんでもない。事前に根回しされ、仕組まれたクーデターだということだ。

その場で新議長に任命されたのは、国際営業担当の長谷川だった。興奮に血走った目で長谷川が立ち上がり、声を張り上げる。

「取締役の皆さんに採決をお願いします。小西文郎代表取締役の解任について、賛成の方、挙手をお願いします」

間髪(かんはつ)をいれず、挙手があった。

「こんな無茶苦茶な取締役会があるんですか」

小西が立ち上がって訴えたが、もはや遅かった。採決は強行され、

「過半数の賛成を得ましたので、小西文郎代表取締役の解任が可決いたしました」

長谷川の宣言とともに、会議室は不穏などよめきに埋まったのである。

わずか数分の解任劇だ。

いまだ議長席に座ったままの香坂が顔面蒼白のまま、唇だけを小刻みに震わせている。

「いったい、君たちはこの会社をどうするつもりなんだ。秋本、君はこんなことまでして社長になりたいのか」

問うた小西に秋本が向けたのは、勝ち誇り、皮肉を交えた表情だった。

「あなたの解任を動議したのは、この東海郵船の窮地を救うためだ。私が社長になるなんてとんでもない。私は一兵卒としてこの会社を支え続ける覚悟だ」

「じゃあ、誰を社長に──」

小西がきいたとき、秋本たちの視線が末席に座っているひとりの男に向けられた。

階堂龍馬である。

「議長、新たな動議だ」

秋本は続けた。「ここに階堂龍馬氏を、代表取締役に選任したい」

もはや反論の言葉も失せた小西の前で、新社長誕生までの手続きは淡々と進められていく。

「過半数の賛成を得ましたので、階堂龍馬氏の代表取締役就任がここに承認されました」

長谷川の淡々とした宣言で、立ち上がった龍馬が深々と一礼した。

動議に賛成した取締役たちが次々に立ち上がり、拍手しはじめた。ぽつねんとその場に身を置いている小西だけが、別の世界に取り残されたかのようだ。

震える深呼吸を繰り返した小西は、天井を仰いで静かに目を閉じた。


「お前、社長になったそうだな。なにを考えてるんだ」

その夜、松濤の実家に戻った彬は、龍馬の帰宅を待って問いただした。

すでに時刻は午前零時を過ぎている。

小西社長解任の件は、取締役会を終えた直後、経理部長の難波清彦が慌てふためいて彬に一報を入れてきた。その後、小西自身からも連絡があったが、出てきたのは自らの力不足を責める言葉と、彬への謝罪であった。

「関係ないだろ、兄貴には」

おおかた秋本たちと祝杯でも挙げてきたのか、酒に酔った龍馬は、彬と目も合わさず、不機嫌な返事を寄越す。

「お前が仕掛けた話なのか」

「知るかよ。社長になってくれと頼まれたから受けただけの話だ。小西じゃ先が見えてた」

「先が見えてただと？」

彬はまじまじと弟を見た。

入社して以来、そのほとんどを秋本率いる営業部で過ごしてきたのは知っている。この二年ほど営業企画部長としてどれほどの修業を積んだか定かでないが、小西を見下すほどの力があるとは到底思えない。

「天狗になるなよ」

彬は思うままを口にした。「お前本気で、東海郵船の社長が務まると思ってるのか」

「思ってなきゃ、引き受けるわけないだろ」

憎々しげな眼差しとともに、龍馬はこたえる。「経理部の小者から、どうあれ営業畑へ主導権を取り戻した。歪んでいた経営をもとへ戻す」

「東海郵船の経営は、歪んでなんかない」

彬が釘を刺すと、

「外部の人間に何がわかる」

鋭く龍馬は言い返してきた。

「これは取締役会で決まったことなんだよ」

龍馬はいった。「株主だからって余計な口出しするなよな。兄貴がやっていいのは、株主総会でこの人事を無条件に承認することだけだ。形ばかりの株主なんだからな」

「そうか」

もはやなにをいっても無駄――そう悟った彬は、ぽんと膝を叩いて腰を上げた。「まあ、せいぜい頑張ってくれ。オレにいえるのはそれぐらいしかない」

龍馬からの返事はない。

龍馬は間違っている、と思う。

ここでその間違いを正すために、父は、自分に東海郵船の株を譲ったのだろうか。

だとすれば、それは無理だ。

ここから先はもう――なるようにしかならない。

4

「社長就任おめでとう、龍馬。これから我々は同じ経営者の仲間だ」

晋はそういって、運ばれてきたグラスビールを軽く掲げた。

「よろしくお願いします」

龍馬はグラスを軽く打ち合わせ、それを半分ほど一気に飲む。

麻布十番（あざぶじゅうばん）にあるイタリアンの店である。晋の隣でテーブルを囲んでいる崇は、ゴルフにでもいっていたのか、カジュアルな格好だ。首には、ネッカチーフを粋（いき）に巻いている。

「どうだ、最近は」

晋が崇にきいた。それだけでゴルフのこととわかるらしく、

「どうもシャンクが出て困る」

崇は顔をしかめ、この日のラウンドについて感想を述べはじめる。

「好きだな、叔父さんたちも」

ふたりのあまりの熱心さに呆（あき）れた龍馬がいうと、「お前はなんでやらないんだ」と、崇にきかれた。

「ぼくには向かないよ」

軽くかわした龍馬だったが、やらない理由ははっきりしていた。兄の彬がゴルフ好きだからだ。しかも、相当な腕前ときている。亡くなった祖父も父もゴルフ好きで、階堂家の人間はいずれ劣らぬゴルフ狂が揃(そろ)っているから、そんなことまで兄と比べられたらかなわない。

「そういえば、あのリゾートホテルにはゴルフ場はなかったね」

退屈なゴルフ談義にピリオドを打つつもりで、龍馬は話を振った。

「ゴルフをやりたい客には、近くのゴルフ場の割引券を発行しているんだが、そこはウチのリゾートの弱点でもある」

そういって、晋はふいに真顔になった。「実はな、そういうことも含めて、今回ロイヤルマリン下田のテコ入れを図ろうと思ってるんだ」

「テコ入れ？」

「そうだ。ゴルフ場の開発とまではいかないが、まずホテル内の改装に着手しようと思ってるんだ。創業五年で改善した方がいいところが見えてきた。宮本支配人が是非にというものでね」

「いいんじゃないかな。宮本さんのアイデアならきっとウケるよ」

「お前にそういってもらえるとうれしいよ。なあ、崇」

崇は、ワイングラス片手に、

「オレはその兄貴の計画をバックアップするつもりだが、お前も一緒にやらないか」

気楽な調子で付け加えた。「これからは同じグループ企業として手を組むんだ。これで、ロイヤルマリン下田もうまく軌道に乗るだろうしな。社長就任の初仕事としてグループの在り方を抜本的に見直し、お互いの相乗効果を狙う」

「いいねえ」

案の定、龍馬は同意した。「郵船として何かできることがあればいってよ。いくらぐらい調達しようと思ってるの」

「五十億」

晋の目が真剣な光を宿した。「いま、その調達を計画しているんだが、出来ればお前にひと肌脱いでもらいたい。別に金を出せというわけじゃないから心配するな」

そういうと、晋はカバンから分厚い資料を取り出した。ロイヤルマリン下田の業績報告と予測、そして東海商会の決算書である。

「少し長い話になるが聞いてくれるか」

晋はひと言断って、話し始めた。

5

「東海商会がリゾート事業を手掛けていることは皆さんご存知だと思うが、今回その事業のテコ入れを図るため銀行から資金調達する計画があります。これについて先日東海商会及び東海観光社長より、支援要請がありました。ついては、グループ企業としての結束を強化すべく、当社としてそこに連帯保証という形で支援したいと思います」

役員会も終わりに近づいた頃である。龍馬からの唐突な提案に、居並ぶ役員達は一様に押し黙った。

「あの——具体的にはいくらですか」

そう尋ねたのは、常務の秋本である。古参の船員を思わせる顔は、役員というより労働者のように日焼けしている。だが——。

「五十億です。ロイヤルマリン下田が調達する運転資金を連帯保証という形でバックアップしたい」

龍馬がいうと秋本の表情が曇り、会議室に緊張が走った。

「ロイヤルマリン下田の業績はどうなんですか」

他の役員からそんな質問が出たところで、経理部長の難波が、ロイヤルマリン下田の資料を全員に配り始める。先日、叔父たちに見せられた財務資料だ。

「創業以来赤字ですが、この景気を思えば善戦しています。ウチが保証する資金は、ロイヤルマリン下田にとって必須のものです。おそらく、来期以降、黒字に転換するでしょう」

テーブルを囲むメンバーからの返事はなかった。だが、ここにいる役員が、この提案を好ましくないと思っていることは、それとなく流れ出した雰囲気でわかる。

「何か意見がある方はいってください。なければ決裁したい」

龍馬はそういうと、黙って役員たちの顔を見回した。どこか新社長に遠慮する、微妙な雰囲気がそこに渦巻いている。

「あの、よろしいですか」

挙手して発言を求めたのは古参役員の端口(はしぐち)だ。「現在、当社の財務内容もこの不況下で悪化しております。足下の資金調達にも気を遣う状況下で、五十億もの連帯保証は対銀行上にも問題があるかと」

「産業中央には伏せておけばいいでしょう。どうせ連帯保証は簿外だし」

さらりと龍馬はいってのけた。何かいいたそうにした端口に、なおも龍馬は続ける。

「このリゾート事業は、絶対に成功しますし、させないといけない。東海商会が社運を賭した新規事業でもあるんです。成功すれば東海郵船としても間口が広がる。たとえば、このリゾートを売りにして新たな客船の航路を開拓してもいい。全体的に収益が低迷しているときだけに、新規商材としての魅力もある。どうですか、端口さん」

端口から出たのは、「はあ」、という曖昧(あいまい)な返事だ。煮え切らないこたえに、

「こういうのは、本気でやらなきゃ成功しないと思うんです」

龍馬はムキになって言い切った。「東海郵船グループが全社挙げてひとつの事業を立ち上げることは、分社以来なかった。その意味でも、この支援には意味があります」

熱のこもった発言だが——龍馬を真っ直ぐに見つめる役員はちらほらとしかいなかった。テーブルの一点を見つめたり、資料を覗き込んだりして、期待した手応えは伝わってこない。

熱意が上滑りし、自分が道化にでもなったような気がする。ついに龍馬は声を荒らげた。

「皆さんには、東海郵船グループ社員としての自覚や連帯感はないんですか。文句があるのなら、いまいってください」

反論する者はいない。

しばらく役員たちを睨み付けていた龍馬はいった。

「賛成する方は挙手をお願いします」

古参の役員たちの手がおずおずと挙がり、かくして役員会での承認は下りたのであった。

第十一章　後悔と疑惑

1

「小平製鉄の取扱量、この半年で七パーセントも減少してるじゃないですか、なんでですか？」

階堂龍馬の質問は、担当役員の長谷川に向けられていた。

今年五十二歳になる長谷川は、祖父の代から東海郵船に勤めている生え抜きである。

実直さが売りの男で、物腰は柔らかい。

「条件交渉が妥結しませんで、今までうちにあった仕事が他社に流れてしまいました。先日の値上げ交渉で剝げていった取引です」

「ふうん」

龍馬は指で顎を撫でながら、しばらく手元資料に記載された荷扱いの数字に見入った。

「値上げしたから取引が減った、と。それでいいんですか」

龍馬がいうと、長谷川は、額（ひたい）にパタパタとハンカチを当てていた手を止めた。

この男はどんなことをいっても表向きは、決して反論してこない。その代わり、裏ではなにかと龍馬のやり方を批判しているという噂（うわさ）だけは耳に入ってくる。まったく、気にくわない——龍馬は思った。

父の死後、二年間社長を務めた小西の経営は、外様（とざま）の意識が強かったせいか、ことごとく保守的。お客様第一とか信頼とかいう言葉は使うくせに、収益向上とか業容拡大といった積極路線はまるで放棄していた。

龍馬にいわせれば、それこそ、黙っていても食わせてもらえる飼い犬根性だ。会社経営は業績を伸ばしてなんぼのはずだ。今までやってきたことをただ継続するだけの経営は、堅実なようでいて、何もしていないのと同じなのだ。

だから社長に就任してのこの一年、いわゆる積極経営を、方針として龍馬は打ち出していた。

龍馬の経営理論は極めてシンプルだ。要するに売上げを伸ばし、出るものを抑えればそれでいい。そうすれば、おのずと利益は残り社業は発展していく。肝心の売上げが伸びないのに新たな施策に背を向け続けた小西の経営方針は大間違い。何十年も海運業に携わっていながら、父の言うとおりに動くだけで考えることをしてこなかった結果、社長の椅子に座ったところで、何も考えられない置物になり下がったというわけである。

叔父ふたりの力添えと秋本の後ろ楯を得たこともあって、社長ポストに就任してからというもの、龍馬は、全力で突っ走ってきた。

積極経営、そしてスピード重視。

それが、龍馬が打ち出したスローガンである。

だが、そうした龍馬の経営方針をもってしても、足下の業績は一向に良くならなかった。

会社の経営とは、こんなにままならぬものなのか。業績悪化への焦りと共に、龍馬の心にはかつてない重圧がかかってきている。

景気減速も大きな原因のひとつだろう。だがそれ以上に、この取締役たちに蔓延る、龍馬体制への無言の反感のほうがより問題だ。

特に、この長谷川を筆頭に、旧小西派といわれる連中はひどい。

取締役会では黙っているくせに、裏では冷ややかに龍馬の戦略を酷評し、バカにするような連中もいる。面従腹背の最たるものだ。

そういう連中がいいたいことはわかる。

一磨社長ならこうはしない——だ。

彼らの胸のうちには、染みついて離れないひとつの尺度がある。

祖父から引き継いだ会社をさらに発展させた父の経営がそれだ。

「若いってことは、両刃の剣だぞ」

龍馬が社長に就任したとき、それが祝いにかけつけた晋叔父の弁だった。「体力気力は充実して、新しいことをエネルギッシュになし遂げられる。しかし、一方で、若さ故の嫉妬と反感を招くおそれもある」

その晋は、小西下ろしのために秋本を説得し、社長就任への布石を打ってくれた。

「多少時間がかかるかも知れないが、取締役の顔ぶれも、お前がやりやすいように変えていったほうがいい」

というのは崇叔父のアドバイス。最初は考えすぎじゃないかと思ったが、実際に社長の椅子に座ってみると、たしかにやりにくかった。

取締役の中には、龍馬が打ち出す施策を、やんわりとではあるが拒否する者も少なくない。

就任早々に着手した人事制度の見直しもそうだ。人件費を削減するため、フレックスタイムを導入し、退職金規定にまでメスを入れた大々的な改革にするつもりだった。それが、人事部や経理部といったところから、「そうするとこれこれの不都合が出ますので」というような言い方で拒否され、たちまち骨抜きにされる。

各部門の目標を練り直せといえば、それは中期計画で決められていることだから今は無理だといってくる。ならば、中期計画を見直せといえば、それは銀行などの関係各所に配付してあるものだから、いま直すのは得策ではないといわれる。

もし父が生きていたら、的確なアドバイスをくれたかも知れないが、秋本までが距離を置きはじめたいま、本気で支えてくれる側近がいないことも、龍馬には不幸であった。

いまこの社内で、心から信頼できる幹部がいない。龍馬は孤立していた。

バブル崩壊の最中、海運業界の運賃相場はとうに崩れ始めている。世の中より不況の度合いは色濃い。

東海郵船をめぐる環境は日増しに悪くなるばかりだというのに。


「社長。ちょっとよろしいでしょうか」

役員会を終えて会議室を出ようとした龍馬に、経理部長の難波が声をかけてきた。

東海郵船生え抜きの社員だが、日頃銀行相手に仕事をしているせいか、雰囲気は銀行員そのもの。ダークスーツに白いシャツ、四角いセルロイドのメガネをかけた神経質そうな細面がいま、龍馬の背後で低頭していた。

聞かれてはまずいことなのか、難波は、他の役員が会議室から出るのを待った。

「実は、三友銀行から、当社の財務資料を提出してくれといわれておりまして」

「三友から？」

東海郵船のメーンバンクは産業中央銀行で、他にも複数の大手銀行と取引はあるが、三友との付き合いは無い。祖父が社長をしていた時代に、融資がらみでトラブルになって、以後出入り禁止にしたという話は聞いたことがある。その三友から資料を出せというのは、解せない話であった。

「なんでウチがそんなもん出さなきゃいけないんだ」

「ロイヤルマリン下田の保証の件です。保証人である当社の状況を把握しておく必要があるとのことで」

ふいに口を噤んだ難波は、「社長は何か聞いていらっしゃいませんか」、と改めて問うてくる。

「聞くってなにを」龍馬がいった。

「どうも、あまりうまくいっているふうではありません、社長」

難波は表情を曇らせ、椅子をふたつ引き出すとひとつを龍馬に勧め、自分は隣の椅子にかけた。

書類を入れたファイルから取りだしたのは、新聞記事だ。

――不振に喘ぐバブルのリゾート開発

余白に、難波の手書きで東京経済新聞という出典と、先週の日付がついている。そういえば、そんな特集記事が出ていたかな、というぐらいの記憶しか龍馬にはなかった。

「この記事にロイヤルマリン下田のことも出ているんですが、集客に苦しんでいるようです。株や地価が上がっていた昭和末期から平成三年ぐらいまでに建設されたゴルフ場やリゾート施設の経営がのきなみ悪化しているということで、ロイヤルマリン下田も取材されています。いまやシーズンの繁忙期でも、客室が埋まらなくなっているとか」

差し出された記事を一読した龍馬は、しばし言葉が出なかった。

「まさか破綻なんてことはないよな」

思わず問うた龍馬だったが、難波はこたえない。こたえようがないからだ。

「社長から、状況をヒアリングしていただけませんか」

ロイヤルマリン下田の将来性については、かねて晋叔父から詳細な説明を受けていた。財務内容も確認している。ホテル経営の専門家もいて経営に抜かりはない——はずであった。

「実際、最近ではゴルフ場も破綻しているところは少なくありませんし、ロイヤルマリン下田に関して、どうもこの記事に書いてあることは事実のようです」

なんでわかるのかきくと、先日営業部の人間が出張で近くまでいった際に見てきてもらった、と難波はいった。

「本格シーズン到来前ではありますが、客はほとんどいなかったそうです。予想以上に厳しい状況になっているのではないかと推察されます」

難波は遠慮がちな上目遣いになった。「もし万が一のことがあれば、対岸の火事とはいっていられません。なにしろ、連帯保証が入っておりますので」

「来週、叔父たちと飯を食おうということになってるから、きいてみるよ」

手にしていた新聞記事を一瞥して難波に返すと、内心の動揺を抑えて龍馬はいった。

2

電話の向こうから関西弁が聞こえてきた。

「先日、お申し込みいただきました融資の件ですがね。行内で揉んだ結果、見送りということになりまして。ほんま、申し訳ありません」

相手は、コンサルタントの紀田の口利きで融資を頼んだ関西の地銀、そこの支店長だ。この不況下、多くの銀行が新規融資に軒並み尻込みしている現在、それを逆にビジネスチャンスととらえて積極融資をしているという触れ込みだった。

ところが、結果はいままで当たった銀行と同じか、いやそれ以上に早く、いとも簡単に断ってきた。

「そうですか……」

受話器を戻し、深い吐息をついてから、様子を見守っている崇に視線を上げる。

「ダメか？」

力なくうなずいた晋は、胃を捻り上げられるような緊張感に、顔をしかめた。部屋の壁を睨み付けている崇は、憤然として腕組みをしたままだ。

ロイヤルマリン下田が東海郵船の連帯保証を得て五十億の運転資金を三友銀行から得たのは昨年のことだ。その内、半分を宮本支配人の希望する改装費に充てたものの客足は伸びず、昨期も年間五億円を下らない赤字を出した。

問題なのはロイヤルマリン下田への融資のために調達余力を失い、本業の運転資金まで借りづらくなってしまったことだ。そんなわけで、日々こうして、三友銀行以外の貸し手を探し続けている。

込み上げてきたものの苦さに、晋は机上の胃腸薬を数粒口に放り込んだ。

「他に当ては？」

崇の声にも切迫したものが混じっている。資金繰りが厳しくなっているのは崇の東海観光も同じだ。

晋は押し黙る。

「ならば切り売りして売却できる資産とかないのか、兄貴」

「あったらとっくにやってる」

いや、やってきた。

バブル時代に買ってたんまり含み損を抱えた株式まで、売れるものはみんな売った。

「いったい、紀田はなんていってるんだよ、兄貴」

怒りの滲んだ声で崇がきいた。

「もう少し時間がかかるそうだ」

「何年同じことといってんだ、あいつは。そんなもの待ってたらこっちが干上がっちまう。いや、もう干上がってるじゃないか。あいつ、信用できるのか」

「お前が連れてきた男だろうが」

晋は声を荒らげた。「他に誰を信用しろっていうんだよ。支配人の宮本か」

そのときノックがあって、遠慮がちに経理部長の日高が顔を出した。

「関西中央銀行、断ってきたぞ。紀田さんの威光でなんとかなるかと期待したのに」

いまいましげに晋がいうと日高は顔を歪め、場に張り詰めていた空気の理由を悟ったようだった。

「社長、その紀田先生のことでちょっとお耳に入れておきたいことがあります」

日高はいって、ソファの端にかけた。「ロイヤルマリン下田の土地取得のときに利用した不動産業者、覚えていらっしゃいますか」

「三ツ和開発か」

紀田の紹介で利用した東京に本社のある中堅不動産業者だった。

「そうです。先ほど、第一回不渡りを出したそうです」

晋がはっと顔を上げた。

「ウチも何かひっかかるのか」

「いえ」

ほっとしたのも束の間、日高は気になる話を始める。「先ほど、あのとき三ツ和の担当者だった男が再就職の口を求めてウチに参りまして」

「それはなんとも素早いことだな」

皮肉をいった晋に、日高は続けた。

「当時、ウチが買い取った土地の件で、気になる話をしていきました。あのとき、ウチが取得した土地費用三十億円の内、二十パーセントがバックマージンとして紀田先生に流れたそうです」

晋は呆気にとられて日高を見つめた。

「おい、三十億円の土地の二十パーセントっていえば、六億じゃないか。そんな巨額の資金が紀田さんに流れていたっていうのかよ。そもそも、いったいあの土地はいくらだったんだ」

「三ツ和開発が取得した値段は、十億円そこそこだそうです」

その三倍の値段をふっかけられていたということだ。

「たしかあのとき、紀田さんは安い買い物だっていったんじゃなかったか」

腹から込み上げてきた怒りの矛先に困り、晋は崇のほうを向いていった。「どこが安いんだ」

「オレにいうな」

崇がカッとした口調で言い返す。

「最初から嘘じゃないか」

「知らないよ。そもそも、兄貴はあの辺りの地価、調べたんじゃないのか」

「調べたさ」

──紀田本人が。

唇を噛んだ晋に、日高は続けた。

「その紀田先生ですが、株の信用取引で巨額の負債を抱えているというんです。三ツ和と紀田先生は、バブル時代に親密な関係にあって、ウチのような案件をたくさん紹介していたと。ところが、そこで儲けた資金を紀田先生は株に突っ込んで大損してまして、三ツ和からも数億円の支援をしているとか。三ツ和の債権者たちが紀田先生と連絡をとろうとしているらしいんですが、いま連絡がつかなくなっているそうです」

株は一九八九年十二月のピークから半値近くまで下がっている。それでも底値が見えない。もし紀田がまだ株をもっていたとしたらその含み損は拡大の一途を辿っているはずだ。

慌てて崇が携帯を取りだして紀田の番号にかけた。難しい顔でしばらくそれを耳に押し当てていたが、「だめだ、通じない」、というひと言とともに問うような眼差しを晋に向ける。

「ちくしょう！　くそったれめ！」

晋の骨張った手が、ソファの肘掛けを力任せに叩いた。

学者肌の晋の、普段とはかけ離れた行動に日高が目を丸くした。部下の前で感情を剝き出しにするほどまでに、晋は追い詰められている。

「紀田先生と最後に連絡をとったのはいつですか、社長」日高がきいた。

「二週間ほど前だ。ロイヤルマリン下田のことで相談した。銀行に提出する再建計画を紀田のところで作成してくれるという話だった」

「その後、連絡は？」

「ない」

愕然とした晋は天井を見上げた。まるで高速エレベーターで急降下しているかのように、ずんずん落ちていくような感覚に目が回りそうになる。絶望のエレベーターだ。

「日高。ウチの決済資金、先に延ばすことはできないか」

こうなれば手形のジャンプでもなんでもやってやる。その思いで晋はきいたが、経理部長は厳しい表情で顔を横にふった。

「とんでもない。そんなことをすれば信用問題です」

「だったら手形を回収してこい。〝掛け〟にしてもらえ」

「社長……」

だだをこねる子供に言い聞かせるように日高はいった。「無理ですよ」

「じゃあ、どうすればいいんだ！」

ついに激昂した晋に、「それがわかりゃ、苦労しねえよ！　落ち着け！」、負けぬ大声で応じた崇は日高を振り向いた。

「何か方法があるんじゃないのか」

だが、返ってきたのはひたすら困惑を浮かべた眼差しだけであった。

3

産業中央銀行の水島カンナが東海郵船を訪問したのは、七月第二週のことであった。

カンナは、大学卒業後すぐに入行し、渋谷支店、その後日本橋支店の融資課を経て昇格とともに営業本部に配属になったキャリアだ。肩書きは調査役だが、銀行本部という巨大組織の中ではまだ駆け出しといっていい。

カンナの前任者は米州本部へと栄転していったが、カンナの希望は国内の審査セクションで、この法人営業部調査役という肩書きは彼女の希望に添ったものであった。

引き継ぎは五日間。

日中は前任者が担当している数十社の会社を「新任ご挨拶」のハンコを捺した名刺を持って片っ端から回り、夕方から事務関係の引き継ぎをする。

東海郵船は、その前任者曰く、「ちょっと心配な会社」であった。

中興の祖といわれた階堂雅恒が大きくした会社を継いだ階堂一磨がさらに磨きをかけ、大胆な収益構造の改革を経て、年商六百億円を超える会社へと育て上げた。

その一磨が突然の病に斃れた後、社長を番頭格の小西が継いだものの反目する役員のクーデターで逐われ、いまでは創業家の階堂龍馬が社長の座にあるという。

前任者の話でとりわけカンナの興味を引いたのは、東海郵船をかつて率いていた一磨と弟たちとのしがらみについてだ。さらにそれは現社長龍馬の兄への対抗意識にも引き継がれているという。階堂家の長男、階堂彬は家業を継がず就職の道を選んだ。もしかすると彬のその選択自体が、自らの運命に対する抵抗なのかも知れない――カンナはそんなことを思った。

「龍馬社長は、経験不足の面が否めない。階堂家の帝王学か何か知らないが、就任二年目にしてちょっとした専制君主みたいなもんだ」

引き継ぎで東海郵船を訪ねた後、前任者は龍馬のことをそんなふうにいった。「たまに暴走するタイプだから気をつけろ。プライドが高いから、口の利き方にも気をつけろよ。つむじを曲げられたら、取引も危なくなる。なにしろ、叔父さんたちの会社はそれで三友銀行に鞍替えしたんだから」

あまり、芳しくない評価であった。

その一方で、東海郵船には別の興味もあった。

階堂彬だ。

新人研修時の『融資一刀両断』での粉飾は語り草だし、実際、彬はいま新進気鋭の調査役として華々しい活躍を見せているトップレベルのバンカーだ。その彬は、五つに分かれている営業本部の別セクションにいて、赴任当日、カンナの顔を見に来てくれた。

「君がウチの担当か。よろしく頼む」

そういって握手を求められ、カンナは極度に緊張した。このひとがあの、階堂彬――？

入行年次は三年違うだけなのに、カンナにとっては雲の上の存在に近い。それにしても、どんなキレ者で恐いひとかと思ったら、実際の彬は何の気負いもない、気さくな人柄なのであった。行内でも階堂彬の評判はすこぶる良い。

銀行では、身内の会社を担当することはできないというルールがある。情実融資を防ぐためだ。故に階堂は同じ営業本部でも別セクションにいて普段の接点はないものの、

「何かあったら、相談してくれ」

というひと言は、カンナにとって力強かった。

さてこの日――。

カンナは約束の午前十時に東海郵船の応接室を訪ね、経理部長の難波が来るのを待っていた。

前任者から運転資金需要があると聞いており、稟議書(りんぎしょ)作成のためには直近の業績がわかる試算表を提出してもらう必要があったからだ。

やがて、ノックの音とともに難波が現れたが、ふいにカンナが硬くなったのは、その背後からもうひとりの男が現れたからであった。

「担当が交代されたと聞いたので。先日は留守にしていてすみませんでした」

そういって挨拶をしたのは、他ならぬ階堂龍馬だ。慌てて自分の名刺を差し出したカンナは初めてみる龍馬の、どこかきかん気な表情に前任者の評を思い出した。

「そろそろ運転資金を借りないといけないもので、今日は来てもらっています。五億円ほどですが」

難波の説明に、「安いのをお願いしますよ」、といった龍馬の目は笑っていない。「銀

行さんは油断すると、すぐに高い金利で貸すからな」

「そんなこと、ありましたか」

龍馬の刺々しい口調に、カンナは思わずきいた。

「いま不景気でどんどん金利が下がっているはずなのに、なかなか借金の金利は下げてくれないって経営者仲間はいつもぼやいてるんだよね」

馴れ馴れしい口調で龍馬はいった。「実際、東海商会の晋社長も困ってたよ。三友から借りた金利が高止まりしたままだってね」

三友と産業中央は違います。そういいたかったが黙っていた。東海郵船に適用している金利は、すべて最優遇だ。そして実勢金利が下がるたび、下げている。それは引き継ぎのときに確認済みだ。

龍馬の発言は、新担当者に繰り出してみせたジャブといったところか。

「御社の場合、常にベースレートに連動するよう予め取り決めておりますので、下げ渋りはありません。ご安心ください」

カンナにも龍馬の牽制を簡単に躱すくらいの経験はすでにあるが、龍馬からの返事はない。

「先日、電話で承った六月までの試算表です。これでよろしいでしょうか」

難波が手にした書類を差し出した。

「拝見します」

貸借対照表の増減を確認し、大きな変化がないことを見て取ったカンナは、次に損益計算書を開いた。

貸借対照表とは、簡単にいうと会社の財産と借金の断面図みたいなものだ。損益計算書は、その名の通り、会社がどれだけ儲けたか、あるいは赤字かを売上げと費用の差し引きによって明らかにしたもの。

多くの会社が売上げを減らして赤字になっているご時世だ。東海郵船だけが例外であるはずもなく、業績は苦戦している。

それでも黒字は確保しているし、貸借対照表が教える財務内容も健全だ。

「どうでしょうか」

難波の口ぶりにも不安がのぞいている。

「足下の景気を考えると、健闘されていると思います」

正直な感想を、カンナは述べた。が——。

そのとき数字を軽くなぞっていたカンナの指先が止まった。

「あの——」

顔を上げると、こちらをじっと見ていた龍馬と目があった。「この五千万円ってなんですか。営業外収益として計上されていますが」

見過ごしてしまうほど微細なパルスが、龍馬の表情を過った——ように見えた。

隣の難波を一瞥すると、「しまった」、とでもいいたげに表情が歪んでいる。

「ラウンドナンバーですね」

カンナはきいた。端数のない、丸まった数字ということだ。金利等であれば、もう少し端数がつく。

「保険の解約金かな」

難波は誤魔化そうとしている。

「どこの保険ですか」

「そこまで必要ですか。それなら調べますが」

カンナは、手元にある資料を広げ、

「保険ではないいんじゃないですか」

そういった。「いただいている資料にも、それらしい明細はありません」

「そうか。あとで——」

難波を、カンナは遮っていった。

「いま伝票を見ていただけませんか」

返事はない。「ご面倒でしたら帰りに経理部に寄って確認させていただきますが」

「いや、ちょっとそれは勘弁してもらえませんか」

難波が見せた狼狽は、カンナの疑惑を確信に変えるのに十分だった。

頭に浮かんだのは、前任者にきいた東海郵船のグループ会社との取引経緯だ。東海商会と東海観光の二社が、産業中央銀行と袂を分かち、三友銀行をメーンバンクに据えた。その原因となったのが伊豆に新規開業したリゾートホテルであること。その経営がうまくいっていないことなど。東海商会の社長たちが口出しし、結局、小西を追い出し龍馬を社長に据えた——。

「これ、保証料ですか」

そう思ったのは、融資経験を積んだ銀行員の勘といったらいいのだろうか。

難波が視線を逸らした。のど仏が上下し、額に拳を押し付けている。困惑を隠せないその経理部長の脇で、

「なにか問題があるんですか」

開き直ったのは龍馬だった。

「ロイヤルマリン下田はいってみればグループ会社なんだから、応援するのは当たり前でしょう」

「いくら保証されたんです」

カンナはきいた。五千万円の保証料。仮に料率が一パーセントだとすると——。

「五十億」

カンナがきくより早く、龍馬がこたえた。「諸般の支払い資金として必要なカネだ。三友銀行から借入するのに保証してやった。それが問題なのかい」

「当たり前じゃないですか」

思わず、カンナはいった。難波を見やり、「ロイヤルマリン下田の決算書、見せてください」

難波が慌てふためいて経理部へと降りていき、まもなくいくつかの書類を手に戻ってきた。

「これで全部ですか」

カンナは呆れてきいた。五十億も保証しているのに、手元にあるのは簡単な決算書だけで、詳細な明細すらない。

決算内容は予想していたよりは悪くないが、問題は数字の信憑性だ。本当にこの内容は正しいのか。そんな疑問は抑え、

「いつ保証されたんです。借入は最近ですか」

カンナはきいた。

「実は去年……」

そのこたえに、カンナは首を傾げた。

保証の件を前任者は知らなかった。だが、こうした形で試算表や決算書に計上されれ

ば必ず目に付くはずだ。

「ということは去年も五千万円の保証料を得ていたことになりますね。どこの勘定科目にお入れになったんです？」

「東海商会との取引から相殺という形でその――」

「それは銀行に隠すためでしょうか」

改めて問うたカンナに、難波から返ってきたのは、

「いや、そんなつもりでは――」

言い訳じみた言葉が出てくる。

「何でこんな保証をされたんです」

非難するように問い詰めたカンナに、

「ロイヤルマリン下田は、東海郵船グループが総力を挙げて取り組んでいる事業なんだ」

強気の態度で、龍馬が持論を口にした。「この事業は間もなく黒字化する。それまで支えてやればなんとかなるはずだ。東海商会も東海観光もウチの親戚なんだよ。社員も大勢いる。ウチだけが安穏としているわけにいくか？　なんとしてもこの事業を成功させてみせる」

「希望と現実は違います、社長」

カンナはいった。「そして、もうこれ以上、ロイヤルマリン下田に保証するのはやめてください。このこと、彬さんはご存知なんですか」

もし、階堂彬が聞いたら絶対にやめさせたはずだ。ところが、

「兄貴だと」

彬の名前を出した途端、龍馬の顔色が変わった。「そんな名前を出すなよ。兄貴はウチの会社とは関係ない」

はっと小さく、カンナは息を呑んだ。話には聞いていた。だが、それがこれほど苛烈なものとは思わなかったからだ。

しかし、言い放った龍馬の目をまともに見、そこにある種の揺れを感じ取った途端、カンナは悟った。

龍馬はわかっているのではないか——と。

自分の判断ミスで連帯保証に同意してしまったことを。それが間違っていたことを。

龍馬は気づいているのではないか——。

だが一方で、この男はそれを認めるわけにはいかないのだ。

経営者としての自分の敗北を認めることになるから。

それは、単に見栄などという浅い言葉で表現できるものではない。おそらく——それはこの男の人生と密接に結びついているのだろう。幼少の頃から社会人になるまで、階

堂家という洗練された一族の中で常に兄と比べられ、下に見られてきた。その屈折した感情と環境が、何十年もの年月を経て変容し、この頑(かたく)なな性格を形成してきたのではないか。

「彬さんは、御社の筆頭株主です。株の大半を持つ大株主でもある。関係なくはないでしょう」

カンナの指摘に、

「違う！」

龍馬は子供のように否定した。「兄貴はウチを捨てて、好き勝手に生きているに過ぎないんだよ。ウチがどうなろうと懐が痛むわけでも困るわけでもない。それがどうだ、親父(おやじ)を唆(そそのか)して遺言を書かせやがった。そんなふうにして株主になった男のいうことなど、聞く耳もつか」

「正しいことをいっているのなら、どんな人の意見にでも耳を傾けるのが経営者じゃないんですか」

カンナの言葉に、龍馬ははっとなった。「でもいまのあなたは、あえて真実に耳を傾けようとはしていない。そんなふうに思えます」

「なに偉そうなこといってるんだよ」

龍馬は吐き捨てた。「いまにみてろ。ロイヤルマリン下田は立ち直って、日本一のリゾートオアシスとなって有名になるから。ホテルは連日満室。ゴルフに海水浴、温泉客で賑わう屈指の高級リゾートだ。どうだ、君に想像できるか」

「残念ながら私にはまったく想像できません」

にべもなくカンナはこたえ、難波に視線を向けた。「大至急、ロイヤルマリン下田の詳しい財務資料を入手していただけませんか。できれば東海商会の分も」

東海郵船が直面している事態の難しさに、カンナは唇を噛んだ。

4

たまにはお食事などいかがでしょうか――。

東海郵船の社長職を追われ、その後、子会社デイリーキッチンの社長に転じていた小西文郎からの丁重な誘いの手紙には用向きが書いてなかった。気楽な食事の誘いにも見えるが、あえてこの時期、彬と食事を共にしようというからには、何か話したいことがあると考えるのが自然だろう。

小西の秘書に電話を入れて週末の土曜日に日時を決めると、数日して案内状が届いた。赤坂にあるフレンチの店で、午後七時。

小西は先に来て待っていた。

東海郵船担当の水島カンナからロイヤルマリン下田への連帯保証について知らされたのはつい三日前のことだ。目下（もっか）、カンナのところでロイヤルマリン下田及び東海商会の財務状況を精査し、今後の対応を詰めることになっている。

もし、小西が社長を継続していたなら、少なくともこんなことにはならなかっただろう。

久しぶりということもあって話題は多岐に及んだが、どうにも奥歯にものの挟まったようで、小西が本題を切り出したのは、デザートと食後酒が運ばれてきてからであった。

「実は、今日、お食事にお誘いしたのは、折り入って、ご相談があったからなんです」

彬はグラスを手にしたまま、生真面目な表情で背筋を伸ばしている小西の言葉を待った。

「先日、総務部長の香坂らと食事をしたのですが、社内でも龍馬さんの体制に相当危機意識が高まってきているという話でした」

黙って、グラスを傾ける。

「ロイヤルマリン下田の業績不振に端を発して、商会と観光の二社の資金繰りも急速に悪化しているようです。東海郵船に巨額の保証債務をつけ回した二社のやり方も卑劣ですが、まんまとそれに乗せられてしまう龍馬社長も脇が甘い」

彬はひそかに驚いて小西を見た。この温厚な男がここまで龍馬のことを悪くいうのが意外だったからだ。小西は続ける。「こんなことをいまさら私が申し上げるのはなんですが、いまの龍馬社長の経営では、早晩、行き詰まります。なんとかしなければなりません」

「それは、香坂さんたちがいってるの？」

うなずいた小西に、「それはちょっと違うんじゃないか」、と彬は、自分でも思いがけず憤りを露わにした。

「龍馬は確かに悪い。だけど、経営は龍馬ひとりでやってるわけじゃない。香坂さんは役員会を構成するメンバーなんだ。そんなに危機感があるのなら、陰でこそこそ悪口を言う前に、役員としてすべきことがあったんじゃないか。自分たちの責任は棚にあげて、今頃なにをいってるんだ」

「おっしゃる通りです。お恥ずかしい話で申し訳ございません」

小西から詫びの言葉が洩れる。「単刀直入に申し上げます。彼らとて、そういう動きをしなかったわけではありません。ことある毎に龍馬社長を導こうとはしてきたといいます。しかし、龍馬社長は、そういう意見にまるで耳を貸さず、結局は独断で突っ走ってしまう。いまのままでは東海郵船の将来図が描けません。不躾な申し出で恐縮ですが、彬さん――」

小西は居住まいを正した。「東海郵船に、いや階堂家の家業に戻っていただけませんか」

予想外の申し出に、彬は言葉をなくした。

「オレは銀行員で、東海郵船の社員でも役員でもない。それに龍馬がいるじゃないか。そもそも、小西さんを更迭して龍馬を社長に据えたのはいまの役員たちなんだ」

「もし、彬さんに来ていただけるのであれば、根回しはします」

取締役会で龍馬を社長の座から追い落とそうというのだろう。

「小西さんがやればいいじゃないか」

「できるのなら、やります。でも私では他の役員がついてきません。ですから――」

「オレは、単なる株主に過ぎない」

彬はいった。「しかも、その株だって、オヤジから強引に押し付けられたようなものだ。ここに至って東海郵船の経営などできないよ。それより、みんなで龍馬をもり立ててやって欲しい。あいつは決して馬鹿じゃない。経験がないだけだ。この通りだ、頼む」

そういって頭を下げた彬に、小西は口を噤んだままこたえなかった。

5

どうしたらいいんだ。どうしたら……。

怒り、悔しさ。そして、自分では決して認めたくはないが——後悔。龍馬の中で、それらの感情はやがて、どうしようもないほど激しい不安に化学変化するのだった。

椅子の背もたれに体重を預けて目を瞑(つむ)ると、まだ午前中だというのに疲労がどっと押し寄せてくるのを感じる。

ロイヤルマリン下田の業績不振をきっかけに、夜も眠れない日が続いていた。

「いまは赤字でも、再建すればいいんだ」と自分に言い聞かせてもみるのだが、そうするだけの妙案はない。同時に、ロイヤルマリン下田に反対してきた兄、彬や役員たちの冷ややかな眼差しがこびりついた汚れのように頭から離れない。

それみたことか。

バカじゃないか。

なにやってんだよ。

責任とれるのか。

能力ないよなあ。

非難の言葉はいましも耳元で囁かれているように龍馬の頭の中で入り混じり、幾重にも降り積もっていく。気づくと激しく動悸がし、全身に汗を掻いている自分がいる。

今もまたそうだ。広い社長室の中にいてひとり喘いだ龍馬は、頭の中で木霊しつづける幻聴が通り過ぎるまでひとり耐えなければならなかった。

「冷静になれよ。深く考えないで、もっと客観的に状況を把握するんだ」

つぶやいたはずの言葉すら、役員の声と変換されて聞こえる。

いつの間にか龍馬は、もう後がないほど精神的に追い込まれていた。何かをしようにもすべてが億劫で、行動を起こす気にもなれない。

すべて投げ出せたらどんなに楽だろうか。だが、それすらも龍馬には許されないのだ。社長業とはそういうものだと初めて痛感した。逃げ道はない。誰も助けてはくれない。どうやってこの会社を経営していけばいいのか。いまどうすれば、この局面を切り抜けられるのか。いくら考えても答えの出ない難問が頭の中で繰り返しつぶやかれるのみだ。

ドアがノックされ、書類を抱えた経理部の課長、草野が入ってくる。

激しい焦燥感と絶望に揺さぶられていた龍馬は、血の気の失せた顔をしかめた。

「社長――？」

龍馬の顔色を見て草野は驚いたらしい。「大丈夫ですか。顔色がすぐれないように見えますが」

「ああ、わかってる」

龍馬はこたえた。

「一度、病院で診てもらわれた方がよろしいかと」

こいつ、本気でいってるのか。そうやってオレを排除しようとしているんじゃないか。

「社長、もし何でしたら午後の予定をキャンセルして——」

その瞬間、龍馬の脳内で何かが沸騰(ふっとう)し、抑え切れないままに噴き出した。

「うるさい！」

6

その電話は、部内での打ち合わせを終えた彬が自分のデスクに戻るのを見計らうようにかかってきた。

「ご実家からです」取り次いだ部下の声と共に電話が切り替わる。

「ああ、彬さん？」

ひどく動転した母の声がした。「実はね、いま病院にいるんだけど、龍馬さんがしばらく入院することになったの」

「入院？」

驚いて彬はきいた。

「ここのところ家でも塞ぎがちで心配はしてたんだけど、会社で様子がおかしくなって病院に行ったらおそらく極度の疲労だろうって。それだけじゃなくて統合失調症の疑いがあるっていうの。会社にいると悪化するから暫く入院した方がいいだろうって、先生が」

「どこの病院？」

「信濃町病院。ひと月ぐらいは休んだ方がいいって」

「誰か一緒にいるのかい」

何人かの役員の名を母は挙げた。

「とりあえず、彬さんにも知らせておこうと思って」

「そうか……。わかった」

電話をきった彬は、東海郵船担当のカンナのデスクへ向かった。

「龍馬が入院した。長引くかも知れない」

カンナの瞳が不安に揺れ動く。

「打ち合わせ中に難波部長から連絡があったようなんですが――」

「おそらくこの件だ。直接、状況をきいてみてくれ」

自席に戻った彬の胸の中で、得体の知れない暗雲が広がりはじめた。

7

彬が病院に龍馬を見舞ったのはその一週間後のことであった。もっと早く見舞おうにも、彬との面談そのものが龍馬には負担になるかも知れないというので控えていたのである。

龍馬は病室のベッドで横になっていた。眠ってはいるが、顔色は悪い。

「こんなことになってしまって、申し訳ありませんでした」

彬が来るというので廊下で待機していた社員たちの中から香坂が近づいてきて、頭を下げた。見れば小西もいる。「精神的にも肉体的にもかなり無理をされていましたから」

黙ってきいた彬は、龍馬の置かれた状況を理解して深く嘆息（たんそく）するしかなかった。前にも後ろにも進めない、まさにどん詰まり。しかもそれをひとりで抱え込まなければならなかった。

その日緊急で開かれた役員会で、当面、専務の長谷川を社長代行とすることを決めたと香坂はいった。

長谷川は賢い男だが、こうなってしまうと誰がやっても難しい。

「実は、龍馬社長からは治療に専念するため代表を降りたいと」

「龍馬がそういったのか」

香坂の話に、彬は驚いてまじまじと相手を見た。

そのとき、「彬さん」、と小西が改まって呼んだ。

「戻っていただけませんか」

「またその話か」

彬が視線を足下に逸らしたとき、廊下の端に控えていた役員たちも近づいてきた。小西の嘆願は続く。

「彬さん。いま、東海郵船を指揮できるのは彬さんしかいません。是非、戻ってきてください」

そういうと一歩下がり、小西は深々と頭を下げた。「この通りです」

「おい、小西さん。だからオレは――」

彬が言葉を呑んだのは、控えていた役員たちが揃って、頭を下げたからだった。

ちょうど病室から出てきた母が、その様子に驚いて目を丸くしている。

「お願いします!」

役員たちの間から口々に出る嘆願に、「ちょっと待ってくれ」、彬はいった。

「みんな何か勘違いしてないか。オレだって、この状況をどうやって打開すればいいかわからないんだ。オレのことを買いかぶり過ぎてる」

「彬さんがやって無理なら、諦めもつきます」

香坂が真剣な眼差しを、彬に向けていた。

「だめだ」

彬はいった。「龍馬を社長に選んだのは君たちだ。龍馬のために力を貸してやって欲しい。全員で力を合わせれば、なんらかの解決策が見つかるはずだ。それを信じてやって欲しい」

返事はない。

唇を噛んでいる者、失望の入り交じった目で彬を見ている者、いろんな反応を目の当たりにした彬は、「失礼」、というひと言を残し、その場から立ち去るしかなかった。

8

個室の窓からは神宮外苑の森が見える。だが、いまそこにはブラインドが下りていた。

ベッドを覗き込み、龍馬が眠っているのを確かめた彬は、見舞いといってもすることもなく、壁際にあるソファにかけて本を読み始めた。

どれぐらいそうしていたか、ふと顔を上げると、龍馬が目を開けているのに気づいて、彬は本を閉じた。

ソファを立って、龍馬を覗き込む。

「気分はどうだ」

感情の読めない、ぼうっとした目が天井を見上げている。そのとき、

「悔しいよ」

龍馬からそんな言葉が洩れてきて、彬をはっとさせた。「悔しい、オレ。ほんと、悔しい」

「もういい」

彬はいった。「お前はお前なりにがんばったんだ。とにかくいまは、会社のことを考えるのはよせ。お前は疲れてたんだよ。心が悲鳴を上げたんだ」

じっと天井を見上げている龍馬の目から涙がこぼれるのを、そのとき彬は見た。

「もういいって……」

祈るようにつぶやいた彬の声が、震えた。突如、龍馬の悔しさがこの病室の空気を通して自分の体の奥底にまで伝わってきたような気がしたからだ。「早く治して、また頑張ればいいじゃないか。ゆっくり休んで、新鮮な頭で考えれば、なにかいいアイデアを思いつくかも知れないぞ」

「いや、もうだめだ」

そのとき、龍馬はいった。「兄貴にはわかってると思うけど、オレには、無理なんだ。

それが、わかった……」

龍馬の口からこぼれ出た弱音に、彬は思わず弟の顔を見つめた。こんなことを口にする弟ではなかった。ずっと突っ張って生きてきたはずだ。

「兄貴は、こうなること、わかってたんだろ」

龍馬の目が再び、彬を向いた。

「もういいじゃないか、そんなこと。休め、龍馬」

だが、

「わかってたんだよな」

龍馬は涙でくしゃくしゃになった顔でなおもきいた。「オレが失敗するってこと」

「おい、龍馬」

宥(なだ)めるようにいった彬だったが、龍馬はきかなかった。

「はっきりいってくれ。オレってそんなに社長に向いてないか」

はあっと重たい嘆息をし、彬は龍馬を見つめる。

「向き不向きの問題じゃない。お前はほんの少し、経験が足りなかっただけだ」

硬い木の実のような目が、彬を見上げている。

なにも言わなくなった弟に、「少し休んだほうがいい」、そういって背を向けた彬は、

「なあ、兄貴」、という声に再び振り向いた。

「ひとつ、頼みがある」

再びベッドサイドまで戻り、龍馬を見下ろす。

「オレの代わりに、東海郵船を経営して欲しい」

思わず言葉を呑んだ彬に、龍馬は続けた。「兄貴ならできるだろう。頼む、会社を助けてくれ。従業員たちがいるんだ、あの船に。このままだと沈んじまう」

意識が混沌としているのではないかと彬は疑い、じっと弟を見下ろしている。夢と現が混在しているかのような龍馬の目が彬を見た。

「頼む」

もう一度、龍馬がいう。その日を数秒間見つめた彬は、何も言わずに病室を出た。

その夜、母のいる松濤の実家に戻った。

簡単な食事を済ませ、「今夜は泊まっていってちょうだい」、という心細そうな母の言葉に従い、銀行の寮には外泊の電話をかけた。

することもなく居間でテレビをつけ、それもつまらなくなって書棚にあった面白そうな本を選んで開いて読む。だが、ベッドで涙を流す龍馬の表情は、ずっと彬の瞼にこびり付いたようになって離れなかった。

龍馬は龍馬なりに、最大限の努力をしてきた。

経営者としての、いや——社会人としての経験すらも浅薄なままトップにたった龍馬を、うまく支える番頭でもいれば結果はまるで違っていたはずだ。だが、実際には、その龍馬の経験不足を叔父たちが逆手にとり、資金調達の具として利用されることになった。

いまさら誰が悪いといっても始まらないが、腹立たしさとともに龍馬が不憫で、内心はとても穏やかでいられるどころではない。

二階に上がった彬は、龍馬が自分の書斎にしている部屋に入ってみた。

かつて父が書斎として使っていた部屋だ。デスクも椅子も以前のままで、休みの日にここでよく本を読んでいた父の姿を懐かしく思い出させるが、書棚を覗いた彬は、そこに最新のマーケティングや経営理論の書籍がかなり増えていることに気づいて驚いた。

「龍馬、お前はよく頑張ったよ」

彬はぽつりと呟いた。

龍馬が社長になってからというもの、会えば反駁ばかりしてきた。

ある意味、彬が既定路線を嫌い、東海郵船への入社を拒んだことが、龍馬の運命を狂わせ、ここまで追い詰めることになったのだ。

彬は、幼い頃から自らの運命と戦ってきた。

その結果、龍馬のほうが運命に翻弄され、結果的に飲み込まれてしまったのかも知れない。

「結局、運命には逆らえないということか」

書斎に佇(たたず)み、彬はひとりごちた。

階堂彬が人事部に辞表を提出したのは、その翌週のことである。

第十二章　挑戦、そして挫折

1

東海郵船社長となった階堂彬が、経理部長の難波とともに産業中央銀行の水島カンナを訪ねたのは、社長就任当日のことであった。

通された応接室は彬自身、銀行員時代に数多くの顧客と様々な打ち合わせをした場所でもある。その個室に、貸す側の銀行員ではなく、借りる側の取引先社長として座しているのは奇妙なものだ。

「お待たせしました」

入室してきたカンナは、名刺交換したときにこそ笑みを浮かべたものの、すぐに厳しい表情になってテーブルを挟んだ肘掛け椅子にかけた。

「いきなりで申し訳ないが、今日は挨拶が目的じゃない。詫びに来た」

彬がいうと、

「ちょっと待ってください」

カンナが制し、ちらりとドアを一瞥する。「もうひとり来ますから」

「不動部長か」

彬の退職後、営業本部内で人事異動があり、東海郵船を管轄するグループの部長が不動に代わったという話は、すでに耳にしていた。保守的な融資スタンスで知られる不動が担当ラインのトップに座ったことは、東海郵船にとってはおそらく不利に働くだろう。

だが、カンナは首を横に振った。

「実は、グループ内で担当替えがあったんです。今後は、その者がメーンで、私はサブに回ります。なにしろ、難しい案件なので。おそらく、階堂さんもご存知の方ですが」

「誰だ」

カンナがこたえるよりも早くドアがノックされ、足早にひとりの男が入室してきた。

その男を見るなり、彬は思わず立ち上がった。

「山崎……！」

「事情は聞いた。まあ、どうぞ」

あらためて彬にソファを勧めた山崎瑛は、挨拶もそこそこ、真剣な表情でいった。

「しかし、突然の社長就任には驚いたよ」

「家業の、のっぴきならない事情だ。それより、ひと言謝罪させてくれないか」

改まった口調でいった彬は、背筋を伸ばして山崎瑛と向き合った。「連帯保証の件は本当に申し訳なかった」

連帯保証自体も問題だが、それを東海郵船は産業中央銀行に隠していた。粉飾といわれても仕方のない経理処理で、事実、行内でもそのやり方が問題視されたときいている。それでも不問に付されたのは、この社長交代で体制が一新されるとの期待があったからだ。

「いまさらいっても仕方がない。それより問題は、ロイヤルマリン下田のほうだ。実際のところ、どうなんだ」

瑛の指摘はもっともだった。赤字解消の見込みはあるのか、運営の実態がどうなっているのか――疑問は尽きない。

「この後、東海商会の晋社長にアポを入れている。その上で改めて今後のことを相談させて欲しい。ウチにも運転資金の需要はあるが、まずはそこを詰めないことには話にならないだろうから」

「その通り。ただ――」

瑛は、真剣な眼差しを彬に向けた。「できるかぎりのことはするつもりだ。何とかここを乗り切ろう」

「よろしく頼む」

彬は改めて頭を下げると、持参してきた最新の試算表を広げて足下の業績について説明を始めた。

「まだ、ウチにも運があるのかもな」

産業中央銀行を出、東海商会へ向かうクルマの後部座席にもたれて彬はいった。

「どういうことですか」

隣にいる難波にきかれ、

「あの山崎さ」

彬はこたえた。

「同期入行というのも、何かの縁でしょうか」

会話の中でそんな話も出た。

「まあね。でもそれだけじゃない。もしあいつが――」

車窓を流れる大手町の光景に視線を投げながら、彬はいった。「あいつが稟議を書いてそれが承認されなかったら、他の誰がやっても通らない。もしあの山崎がウチを見放すことがあったらそのとき――東海郵船は終わりだ」

2

日比谷にある東海商会を訪ねると、出てきた晋は、そんなふうにいって彬を迎え入れた。

「社長就任おめでとうというべきか、ご愁傷様というべきか」

「あまりめでたいとはいえませんね。いきなり資金繰りの危機に直面してますから」

初めて入る晋の社長室からは、日比谷公園を望むことができた。その眺めを一瞥してから、警戒した目でこちらを窺っている晋を見据えると、

「早速なんですが、ロイヤルマリン下田の状況を教えて頂けませんか」

本題を切り出す。「前期の決算が固まっていれば、概要を知りたい。それと最新の試算表。正確な数字が知りたいので」

晋は、むっとして表情を消すと、内線をかけた。

「東海郵船の階堂社長がお見えだ。ロイヤルマリン下田の資料を持ってきてくれ。最新の試算表も頼む」

予め準備してあったのだろう、それから十分もしないうちに経理部長の日高が資料を抱えて入室してきた。

「赤字、か」

最初に最新の試算表をひと目見て、彬はいった。

前期は通期で約五億円の赤字。

開業して六年。龍馬時代に入手した決算書などの資料には目を通してきた。黒字だったことはただの一度もない。

「ここ数カ月の赤字額は縮小している」

晋が言い訳がましくいった。「二月単月では些少ながら黒字だ。とりあえず資金繰りも安定している」

資金繰りが安定しているのは、二年前に東海郵船の連帯保証付きで五十億という当面の調達をしたからに他ならない。その内の半分以上はすでに赤字の穴埋めなどで消えているが、暫くやり繰りするだけのカネは残っていた。逆にいうと、その資金が尽きるまでの勝負だ。ロイヤルマリン下田単独での、運転資金調達は難しいからである。

「龍馬を言いくるめて連帯保証書に捺印させたそうですね。いまそのことが、当社の資金調達にとって最大のネックになっている。龍馬があんなことになったのもそのせいだ。どう思っていらっしゃるんです」

彬は舌鋒鋭くいい、晋と対峙した。

「気の毒だし、残念だと思ってるよ、そりゃあ」

気まずそうに晋がいった。「だが、ひと言いわせてもらうと、あの保証はうちの状況をきちんと説明して、龍馬も納得した上でのことだ。それを今更、あれこれいわれるのは心外だな」

「いいたくもなりますよ」

彬は、手元の資料をとんとんと指先で叩いた。「ぶっちゃけ、ロイヤルマリン下田の見通しはどうなんです。そろそろ危ないという噂まで流れていると聞いていますが」

その瞬間、晋は目を見開き、

「誰がそんなことをいってるんだ」

憤然としてみせた。「業界であれこれいう奴がいるのは知っている。だが、ホテルの集客は確実に伸びているし、採算に乗るまでもうしばらくの辛抱だ。それを信じたからこそ、龍馬だって連帯保証にサインしたんだ。いまそれを否定してしまったら、それこそ龍馬の熱意を無駄にすることになるんだぞ」

「熱意ですか。私には、ただ叔父さんたちの口車に乗せられたとしか思えませんが」

「どう思おうとお前の勝手だ、彬」

晋はいった。「だけども、お前は銀行員だろう。いや――元銀行員か。であれば、この数字を見てくれ。ロイヤルマリン下田の業績は、少しずつではあるが良くなってきているんだ」

熱を帯びた口調で、晋はいった。「連帯保証が東海郵船の資金調達の足を引っ張る結果になったのはすまなかった。何分、自分たちのことで頭が一杯で、そこまでは想像がつかなかったんだ。だが、それはそちらの都合だ。逆にいえば龍馬はそれを覚悟で、ウチの事業を支援してくれたことになる。お前から見れば、危なっかしい橋を渡っているように思えるかも知れないが、そんなことはない。オレたちのことを信じてくれ。この通りだ」

そういうと晋は深々と頭を下げたのであった。

3

「どう思う」

社長室のテーブルに資料を並べ、すでに一時間ほどロイヤルマリン下田の財務資料を読んでいた彬は、同じようにテーブルの向こう側で書類に没頭しているふたりに声をかけた。経理部長の難波と課長の草野である。

「そうですね」

右手の書類を見つめたまま難波は、小さく吐息を漏らした。「正直なところ、この数字が本当なら、ロイヤルマリン下田にはまだ若干の可能性が残されているのかも知れません」

「本当なら、か」

言わんとするところはわかる。「信用するかい、この書類の数字を」

難波は資料をテーブルに置くと、腕組みをしたまま考え込んだ。

「いいえ」

はっきりとこたえたのは、難波ではなく草野のほうだ。

「どこが気になる」彬はきいた。

「たとえばこの三月の資料を見ると、稼働率が四パーセント改善して四十三パーセントになっています。ところが、具体的に売上げのどこが増えたのかを見てみると、宿泊部門だけが増えていて、レストランの売上げは横ばいか若干の減収になっています」

「それはオレも気になった」

彬は頷いた。

稼働率は、日常的に八割か九割が稼働する都心のホテルと違い、リゾートホテルの場合は四割程度が採算ラインだ。それを超えられないホテル経営は危険水域にあるといっていい。

「社長はどうご覧になりますか」

草野がきいた。

「たとえば一カ月だけの業績をいくら見つめたところで、そこに隠された嘘を見破るのは難しい。一期分の決算書を見ても同じだ」

草野にというより、自分の思考を整理するために彬はいった。「だが、こうして五年間分の決算書を並べてみると、その間、カネがどう動いたのかという流れが分かる。売掛金や在庫、手形の残高、買掛金——いったい、このホテルがどの程度の運転資金を必要とし、それをどこで調達してきたのか。その流れを読むことで、この決算書の意図したものが見えてくる。このロイヤルマリン下田の決算書、財務諸表は不自然なことばかりだ」

椅子の背もたれから体を起こした彬は、真っ直ぐに草野を見た。「これは、粉飾だ」

4

「いきなり時間を寄越せとは穏やかじゃないな。何かあったか」

翌日、彬が草野と共に東海商会に出向いたのは午前十一時のことであった。晋だけではなく、崇にも声をかけている。ロイヤルマリン下田の連帯保証の件であることは、ふたりとも承知しているはずだ。晋と崇のほか、東海商会の経理部長日高も同席していた。

「先日頂いたロイヤルマリン下田の財務資料、こちらで精査したところ、整合性の取れない部分がいくつかあったので、それを改めてお伺いしたいと思いまして」

「なんだそんなことかよ」

興味を失ったかの口調でいったのは崇だ。あたかもどうでもいいこと——そういいたげなのは、単なるゼスチュアに違いない。

「そんなこと、で済む話ではないんです」

彬はいうと、先日の資料をテーブル一杯に広げてみせた。細かな書き込みで埋まった資料だ。

「まず、宿泊者数と客単価がわかる帳簿を見せていただけませんか」

「失礼。それはどういうことでしょうか」

尋ねたのは日高だ。表情ひとつ変えないどころか、感情の欠片(かけら)すら浮かんでいないこの男は冷徹そのものだ。

「この書類に書かれている数字の根拠が見たい」

「突然、いわれましてもそれはこちらにはありませんので」

「だったら、ホテルからいますぐファックスしてもらってくれ。たとえば黒字になった二月ひと月分でもいい。この月は、前月よりも売上げは増加しているにもかかわらず、個別に見てみると、アメニティやクリーニング費用は横ばいで推移している。通常、売上げが増えれば、当然、それに関わる費用も上がる。こんなことはあり得ないんじゃないか、日高部長」

「ご指摘はごもっともなんですが、それについてはひとつカラクリがございまして」

淀(よど)みのない説明を日高が始めた。「コストを下げるために、アメニティの単価を落としているんです。部屋のクリーニングにしてもいままで正社員で対応していたものを派遣に切り替えております。その結果、売上増にコスト減という、一見矛盾した内容になっていますが、これこそ経営努力の賜(たまもの)でございます」

予備知識も先入観もない者が聞けば納得してしまいそうな、もっともらしい言い回しである。

「そうか。じゃあ、それを証明できる契約書を見せてくれ。派遣の契約書だ」

彬はいった。「派遣であるのなら、派遣会社とロイヤルマリン下田との契約書が存在しているはずだ。いま見せろ」

「すぐにといわれましても、ロイヤルマリン下田の担当者に問い合わせてみないことには。少々お時間を頂けないでしょうか」

日高は巧みに逃げを打つ。

「であれば私が直接問い合わせてみましょう」

彬の傍らから、携帯電話を取り出しながら草野がいうと、

「ちょっと待ってください」

それまで冷静だった日高に、初めて慌てたそぶりが見えた。

「経理ならともかく、こっちは労務担当のほうですから、誰がやっているのかすぐにはわかりません」

「それなら、わかっている」

そのとき、彬が発したひと言に日高がぽかんとなった。

「どういうことでしょうか」

「実はこの数字を確認したとき、いま日高さんが口から出任せにいったような可能性も我々は考えた。だからそのとき、この草野がロイヤルマリン下田に連絡して、客室部門の担当者に直接、コスト削減の具体的な内容について問い合わせたんだ」

日高の表情から、感情がすり抜けた。

不機嫌な様子で崇は足を組んで視線を窓の外へ投げており、俯き加減の晋は強張った横顔を見せたまま、この状況の勝算を探っているように見える。

「結論からいう。いま君が話したことは全て口から出任せだ。何か反論があるのなら、いってみろ」

返事はない。

顔の筋ひとつ動かすことなく、日高はじっとテーブルの一点を見つめている。そのテーブルに広げられたロイヤルマリン下田の財務資料のひとつを、そのとき彬は手にとると、その場で細かく破り、日高の顔に向かって投げつけた。

「ふざけるなよ、日高」

彬は、相手を睨み付けて怒りに震える声を出した。「ロイヤルマリン下田の本当の財務関係書類をいますぐここに持ってこい」

晋と崇のふたりが体を硬くして、日高の様子を窺っている。

「早くしろ!」彬の怒声に日高の顔がひきつった。

部屋を飛び出していった日高が、ひと抱えもある書類とともに戻ってきたのは間もなくのことだ。

しばらくの間、彬も草野もその資料を貪るように読んだ。

膨らみ続ける赤字、一向に改善しない稼働率。苦戦し、安売りに走った集客。逼迫した資金繰り――。

彬の頬は怒りで上気し、状況の厳しさに思わず唸り声が出た。

見えてきたのは、今まで晋叔父から受け取った資料とは、似ても似つかぬ惨状だ。

ロイヤルマリン下田の、いびつで醜悪を極めた真の姿が、そこにあった。

そのふたりに向かって、

「どこまで自分勝手なんです」

冷ややかに彬は言い放った。「無謀なリゾート事業に巨額の資金を注ぎ込み、信用できない男に騙されて踊らされたのは、叔父さんたち自身でしょう。もし、この事業失敗の責任を取るのなら、叔父さんたち以外の誰がいるっていうんです。龍馬を粉飾で騙して連帯保証を入れさせるなんて、叔父さんたちがやったことは犯罪ですよ」

「なんだよ。オレたちを刑事告発でもするつもりか」

開き直った崇が喧嘩腰でいった。

「告発すれば連帯保証を撤回できるんですか」

彬は侮蔑の目を向ける。「はっきりいう。叔父さんたちの力では、もはやこのリゾート事業を立て直すのは無理だ」

「だったらどうすればいいっていうんだよ」

崇が食ってかかった。「オレたちに腹をくれっていうのか。路頭に迷えとでも。忘れるなよ、いまや東海郵船だって、このリゾート事業と運命共同体なんだ。龍馬はいい奴だ。だけど、お前は最低だ、彬。オレたちの事業に土足で踏み込んできて何様のつもりなんだ」

勘違いした怒りをぶちまける崇に、彬の瞳から感情が抜けていく。そして、

「このまま続ければ、全員、破滅ですよ。それでもいいんですか」

そう真っ向から問うた。

完全に血の気の失せた晋の視線が、そこに何か意味があるかのように床の一点を見据

えて動かない。

「我々がここでいがみ合ったところで何も解決しない。あなたたちの無責任な事業と悪意のために東海郵船グループの全社員が路頭に迷う危機に瀕しているんだ。そのことがなぜわからないんです」

崇が、ふん、と唇をひん曲げる。呆然として目の前の空間を睨み付けている晋の姿は、この短い会見の間に十歳も老けてしまったかのように枯れてみえた。

5

「しかし酷い話だな」

彬の説明を聞いたあと、山崎瑛の第一声は呻くように吐き出された。「法的措置はとるのか」

「感情的にはそうしたいところだが、連帯保証そのものを無効にすることはできない。叔父や経理部長を告訴したところで、この状況は打開できないからな」

彬の話に、瑛はうなずいた。

叔父たちの粉飾した財務資料は、もはや、詐欺のレベルだと思う。だが、それはあくまでこちらの問題であり、事情を知らない三友銀行が連帯保証を受け取って融資を実行している以上、保証そのものを無効にすることはできない。三友銀行は、いわゆる〝善意の第三者〟だからだ。

「このまま放置すれば、ロイヤルマリン下田は早晩、行き詰まる」

彬はいった。「ロイヤルマリンが三友銀行から受けている融資は百四十億円。そのうち七十億円を東海商会が、二十億円を東海観光、そして残りの五十億円をウチが連帯保証している」

破綻すれば、三友銀行からそれぞれの会社に対して連帯保証債務を請求される事態になる。

「だが――」

彬は続けた。「東海商会と東海観光には、それだけのカネを返済する力はない。確実に、連鎖倒産することになるだろう。そしてウチは――」

山崎瑛は、じっと彬の話に耳を傾けている。

「連帯保証債務の五十億円について、所有資産の一部を売却して対応することになるだろうが、現在までのところウチの年間利益は約十億円。ロイヤルマリン下田が破綻した場合、その時点で五年分の収益がまず吹き飛ぶ計算だ。まだある」

彬は続けた。「東海商会も観光も、もともとは東海郵船の中にあって、その部門が独立したものだ。いまだに、この二社との取引は、東海郵船全売上げの五パーセント近くある」

東海郵船の売上高は約六百億円。つまり、このうち三十億円近くが、東海商会および東海観光を相手にしたものである。

「両社が倒産すれば、その分の売上げを失うことになり、利益をさらに圧迫する結果になると思う」

「大打撃、だな」

瑛が率直な感想を口にする。

「いや、これで止まればまだマシだ」

彬は続けた。「一番マズイのは、風評被害かも知れない。ロイヤルマリン下田、東海商会、東海観光というグループが総崩れになれば、東海郵船の業績にも疑惑の目が向けられる可能性が高い。もちろん、取引先に対して状況説明はするが、果たしてそれを信じてもらえるかどうか。倒産の疑いのある船会社に荷物を預けようとは思わないだろうからな」

万が一、船が差し押さえられたりした場合、その船荷も一緒に身動きがとれなくなる可能性があるからだ。

「ならばどうする」

山崎瑛は問うた。「お前はいったい、どうしたいんだ」

「ロイヤルマリン下田を売却したい」

彬は初めて考えを口にした。「破綻する前に売り抜けるんだ」

「それは、東海商会の意向か」

山崎瑛が最初にきいたのはそのことであった。山崎の隣にはカンナが息を詰めており、階堂の申し出に対する驚きを表している。

「晋叔父の了解は取り付けてある」

彬はこたえた。ここに来る前のこと——。


「売れというのか、ロイヤルマリン下田を」

晋の足下で、ブラインド越しに射してくる太陽光が反射していた。

その弾けるような日だまりに目を凝らしたあとに視線を転ずると、驚きに目を見開いている晋の表情が飛び込んでくる。

実のところ、売却の話を切り出した途端、怒り出すのではないかと彬は警戒していたのであった。がしかし、この刹那、晋を覆っている暗雲がすっと切れた——ように見えた。

「いや、そもそも売れるのか、あのホテルが」

俄には信じられない、そんな響きが晋の口調に滲む。なるほどそういうことかと、彬が納得したのはこのときだ。

はっきりとはいわないまでも、ロイヤルマリン下田は晋にとって、相当な重荷になっているはずだ。もし手放すことができるのなら、是非ともそうしたい。それが本音なのではないか。

「それはやってみないとわかりません」

彬は晋の目を覗き込んだ。「——売却の方向で、いいですね」

念を押すようにいうと、

「可能性があるのなら、検討してくれても構わない」

晋らしく勿体をつけてこたえた。「それで、ロイヤルマリンの借金はどうなる。いまの借金はウチで返済せよということなら、そもそも売る意味がないぞ」

「その通りです」

彬はうなずいた。「借金を引き受けてもらう代わりに会社そのものはタダ同然で引き渡すとか。そんな条件で契約できればいいでしょうが、場合によっては、何割かはこちらで負債を引き取り、残りは買い手に返済してもらうといった条件になるかも知れない。ただ、今から条件云々を心配してもはじまりません。まずは、ロイヤルマリン下田に興味を持つ相手を探しましょう」

「どうやって探す」

晋がきいた。「誰に頼めばいい。三友銀行か」

「いえ――」

彬は首を横に振った。「本件については産業中央銀行に依頼したい」

「産業中央に？」

意外そうに晋がきいた。「三友に移ったウチの面倒を見てくれるというのか」

「東海郵船の業績に大きく関わることですから。それと――この件はくれぐれも内密にお願いします」

「わ、わかった」

深呼吸をするかのような深い息を、晋は吸い込んだ。


「でも、売れるでしょうか」

カンナが疑問を呈した。「ロイヤルマリン下田を買うのなら、それなりのメリットがないと。いまの業績を見る限り、あのホテルを欲しいと思う会社があるとは到底……」

「おっしゃる通り」

彬は、真剣な眼差しを向けた。「たとえば、売却価格はタダでもいい。その代わり、ロイヤルマリン下田の借入金を引き受けてくれるとか、そういう条件で探すことはできないだろうか」

「タダで売るっていうんですか、あのホテルを」

今度こそ本当にカンナはびっくりした声を上げた。

「聞いてくれ、山崎」

彬は覚悟を決めた目をしている。「ロイヤルマリン下田に様々な問題があるのは承知の上だ。相手は、企業再生ファンドでもなんでもいい、経営ノウハウが確立している会社からすれば、条件次第ではメリットがあるはずだ。百四十億円の借入金が大きすぎるというのなら、減額にも応じる。それでもし売却先が見つかれば、ロイヤルマリン下田で働く多くの社員、それに東海商会、東海観光を救うことができる。どうだろう」

瑛はしばらく答えなかった。

瞑目したままじっと考え込む。どれぐらいそうしていたか、おもむろに目を見開くと、わかった、という短い返事があった。

6

「なんでそんな大事なことをオレに相談なく進めるんだよ」

その夜のことである。ロイヤルマリン下田売却の話を伝えると、崇は、怒りの浮かんだ目を晋に向けてきた。

八重洲に近いとあるビルの地下にある洋食屋だ。

「他にやりようがあると思うか」

晋はきいた。「どこかロイヤルマリン下田にカネを貸してくれる先があるんなら教えてくれ。ないじゃないか。前回は東海郵船の連帯保証を入れさせてようやく三友に首を縦に振らせたが、もうその手は通用しない」

「そんなことが問題なんじゃないよ」

崇は反論した。「彬はオレたちのことなんか、これっぽっちも考えてないっていってるんだ。このリゾート事業のことを最初からバカにしてたじゃないか。あいつ、オレたちのビジネスをぶっ壊すつもりだ」

「じゃあ、どうすればいいんだ」

ビジネス——。果たしてこの状況をビジネスといえるのか、という思いを抱えつつ、晋の中で崇に対する不満がくすぶった。

崇はいつもそうだ。自分はろくにカネを出さないくせに、口は出す。批判的で感情的。かといって、有効な手段を思いつくことはない。せいぜい、ろくでなしの友達を連れてきて売り込むのが関の山だ。コンサルタントの紀田がいい例で、そもそも崇が紀田を連れてこなければリゾート事業など始めなかった。

「仮に事業売却をするにせよ、オレは、三友銀行に相談すべきだと思うね」

崇はいった。「ロイヤルマリン下田の創業時から支援してるのは三友銀行なんだからな。メーンバンクに相談もなく事業売却先を探すなんておかしいぞ、兄貴。いくら連帯保証をしてもらってるからといって、そこまで彬のいいなりになることなんかないだろう」

「別にいいなりになっているわけじゃない」

むっとして、晋は反論した。「そもそも、こんな状況になっても三友は何もいってこないじゃないか。彬よりもずっと前からロイヤルマリン下田の窮状を知っていたはずなのに。あいつらはただの金貸しだ」

「じゃあ、彬はなんなんだ」

隣席の客がこちらを振り向くほどの声で崇はいった。「オレたちのお目付役か?」

「お前は、彬がやることが気にくわないだけだろう」

「ああ気にくわないね」

崇は右手に握っていたフォークを置き、言い放った。「あいつを見てると死んじまった兄貴を思い出すよ。いつも高みからオレたちのことを眺めてた。偉そうに。自分じゃあ思い切ったことは何もできないくせにな。兄貴だけじゃない。オヤジも同じだ。オレたちの中で兄貴だけを認めて、特別扱いしてたじゃないか。悔しくないのか」

崇は、忘れていたものを思い出させるかのようにして、晋の顔を覗き込んだ。「いいか、兄貴。このリゾートはまだ潰れちゃあいない。つまり、まだ可能性があるってことだ。百歩譲って売却の可能性を探るのは兄貴の勝手だが、もし本当に売却したときには――そのときがオレたちの負けだぞ。そこんとこ、よく考えてくれ」

7

「営業第二部の担当の話では、パシフィコが以前、伊豆でのリゾート開発を計画していたとのことでした」

カンナからの情報に、

「それはあくまで過去形だよね」

同じく調査役の牧野達也がいった。

牧野は、情報開発部調査役。ロイヤルマリン下田の売却意向を受け、本件の担当として水島カンナと共に作業チームに加わってもらった男である。情報開発部には、産業中央銀行取引先の企業売買情報にはじまり、取引先のビジネスニーズなどありとあらゆる情報が集まっている。牧野は企業売買関連情報の担当者だ。

「形の上では」

カンナはこたえた。「でも、それはバブルで不動産価格が高騰したからとは考えられませんか。いまなら話してみる価値はあるんじゃないでしょうか」

「外資か」

瑛はいった。「担当者と話せるのか」

パシフィコリゾートは、シンガポールに本社を置く高級リゾートホテルチェーンだ。アジア各地からアメリカ西海岸に至る観光地にリゾートホテルを展開している。

「アジアを統括しているマネージャーが月に一度は来日しているようです」

ロイヤルマリン下田の売買事案を持ち込めるかどうか、交渉相手の選別には慎重さが求められる。

買い手候補企業についてよく研究した上で、意思決定可能な確実な相手に買収への興味を尋ねる。実際の交渉は秘密保持契約書を締結した上で進めなければならず、条件面の詰め、相手企業の企業精査などに要する時間を考えれば数カ月の時間はあっという間に過ぎる。

その後牧野から、新たに三社がピックアップされたが、いずれも海外資本のリゾートチェーンばかりだ。

「結局、外資系頼みか。国内企業は疲弊してるから仕方がないけど」

カンナが嘆息した。手札(てふだ)は少ない。

「国内ですと大手ホテルの業績はおしなべて悪化していて、買収に応じるところがあるとは思えないですね」

牧野がいった。「これがシティホテルであればまだ買い手はあるかも知れませんが、大赤字のリゾートですからね。経営ノウハウがあって、買収後しばらくの赤字まで抱えられる企業となると……。まず外資を当たってみるのが順当だと思います」

山崎瑛が、パシフィコリゾートのアジア統括マネージャーと会ったのはその翌々週のことであった。

「いい感触だといいですね」

六本木アークヒルズにあるオフィスの応接室で待つ間、カンナが緊張した面持ちでいったのには理由がある。

パシフィコリゾート以外にピックアップした三つのリゾートチェーンからはすでに「興味なし」の返事を貰っていたからだ。不景気の底に沈む日本での積極的な買収には及び腰で、新たな買収計画もない、というのがその理由だ。景気が悪いから、さらに悪くなる――まさに負のスパイラルだ。

「お待たせしました。マネージャーの楊です」

片言の日本語で名乗った男は、山崎とさして変わらない若さであった。事前に営業本部の担当者から仕入れた情報によると、楊は香港出身の中国人で、アメリカのビジネススクールを出て何社かのホテルで経験を積んだ後、パシフィコリゾートに引き抜かれた敏腕とのことであった。パシフィコでの権力は絶大で、日本を含め、アジアの新規ホテル計画は、楊に大きな権限が与えられているらしい。

「ご用件はどんなことでしょうか」

世間話は一切なし。名刺を交換してソファに掛けた途端に切り出した楊は、真剣な眼差しを山崎に向けてくる。

「率直に伺いますが、企業の買収に興味はありますか。日本の観光地にあるリゾートホテルですが」

瑛がいうと、

「資産規模と売上げは？」

率直な質問を楊は向けてくる。

「帳簿上は百億円程度の資産を計上していますが、バブル時のものです。売上げは四十億ほど」

「客室数は？」

「百五十室です」

「赤字ですね」

即座に楊はいった。前屈みになった体を椅子の背に戻すと、考える間もなく「正直、興味はありません」。

隣でカンナが息を呑む気配がした。その隣には話を繋いだ営業本部の担当調査役がいるが、無表情のまま助け船を出すこともない。どうであろうと、楊が興味がないといえば興味がないのだと、その横顔が瑛に告げている。

「立地に恵まれたリゾートで、御社チェーンのノウハウがあれば再生できると考えています。検討していただく余地はありませんか」

「あのですね、山崎さん」

楊は、机に並べた瑛たちの名刺を見ながらいった。「パシフィコは最近、ＣＥＯが交代しました。それで方針が変わったんです。いままでは買収もしていましたが、これからは新しいホテルは自分たちで作ります。余程のホテル以外、買収はしません。ご紹介の物件では無理です」

「その方針に例外はありませんか」

「ありません」

両手を胸の前で広げ、楊はいった。「長期経営計画が出たばかりですから、あと五年は変わらないでしょう。もしその時点でそのホテルが残っていれば、改めてお話を聞けるかも知れません。それまで待てますか」

「いえ」

山崎は首を横に振った。楊の話は単純明快だからこそ、反論の余地がない。

「お時間をいただき、ありがとうございました」

希望を託したはずのパシフィコリゾートへの売り込みはこの瞬間終わり、瑛たちの作業は振り出しに戻った。

8

数週間が経っても、ロイヤルマリン下田の売却先探しは難航したままである。

「経営を改善してある程度財務内容を磨いてからなら、もっと簡単に、しかも高く売れるんでしょうけどね」

カンナのいうのももっともで、ロイヤルマリン下田の抱える課題は、多岐に亘る。たとえばバブル時代に調達し、いまだ高止まっている借金の金利もそのうちのひとつ。業績悪化を理由に三友銀行が引き下げを拒否しているのだ。

従業員に占める四十歳代以上の割合が高いのも、人件費高騰の要因となっている。ところがリストラには相応の費用がかかるので、それもままならない。片や東海商会や東海観光も、ロイヤルマリン下田に引きずられる格好で自らの資金繰りに苦慮しており、資金を融通する余裕は微塵もない。

ロイヤルマリン下田の売却案件は、暗い海原をあてどなく漂流するかの如く方向性を失いかけていた。

ところが——。

その暗闇の中に突如ひと筋の光が射し込んだのは、それからさらに一週間ほどが過ぎたある日のことであった。

「山崎次長、能登島ホテルってご存知ですか」

その日の朝、顔を紅潮させて営業本部のフロアに現れた牧野がデスクに差し出したのは、経済新聞のコピーであった。日付は数カ月前に遡る。

——能登島ホテル、箱根木戸屋旅館を買収

産業面の下段で報じられた、わずか数行の記事だ。

「能登島ホテル？」

「北陸にある中堅ホテルです。企業規模があまり大きくないので、買い手としてはノーマークだったんですが、この記事がきっかけで調べてみると、他にいくつもの旅館やホテルを買収していることがわかったんです。業績不振に陥った先を買収し、名前を変えずに集客やオペレーションを変えて再生しているようです。調べてみると、能登島の資本が入っているホテルや旅館は、これだけありました」

　牧野が次に見せたリストには十社を下らないホテルが並んでいる。

「こんなにあるんですか。しかし、一般的にはあまり知られてませんよね」

　カンナの感想に牧野は頷(うなず)いた。

「この数年で急成長している会社です。社長はかなりの豪腕ですね」

「どんな社長なんだ」

　興味を持って、瑛はきいた。

「もともとは能登島ホテル創業家の次男坊で家業を継ぐつもりはなかったようです」

　いいながら、牧野は業界紙からと思われるインタヴュー記事のコピーを差し出した。どうやら、瑛に報告するまでに、能登島ホテルについて相当、調べたらしい。

　社長の向田春喜(むこうだはるき)は、四十そこその若手経営者だった。日本の大学を卒業した後、ネバダ州立大学のホテル経営学部を経たのち、投資銀行に勤務したという変わり種だ。

　その男が能登島ホテルの社長に就任したのは五年前。家業のホテルを経営していた兄の体調不良がきっかけだった。

「業界では風雲児的な存在に見られてますね」と牧野。

「投資銀行出身というところが、おもしろいですね」

　カンナがいった。「ノウハウがあるとはいえ、能登島ホテルは中堅規模です。ここまでの資金があったとは思えないですし、もしかすると、投資ファンドの後ろ楯があるのかも」

その可能性は十分にある。

「当行との取引は」

瑛はきいた。

「金沢支店です」

と牧野。「連絡してみますか」

「すぐに頼む」

何かの可能性が潰え、かと思うと思いも寄らないところから新たな可能性が生まれる。結局、ビジネスとはそんな繰り返しなのかも知れない。瑛は改めてそう思った。

9

「お忙しいところ、わざわざお越しくださいましてありがとうございます」

入室した瑛は恐縮して頭を下げ、能登島ホテルの向田にソファを勧めた。

「いえいえ。ちょうど東京に出張中でしたから。こちらこそ、おもしろそうなお話をいただきまして」

Tシャツに皺の寄ったジャケット姿、細身のパンツにスニーカーというラフな格好は、一見、新進気鋭のホテル経営者には見えない。

「買収事案であれば、具体的な会社名をお伺いしないことには話にならないでしょう。サインしますよ」

「助かります」

秘密保持契約書をテーブルごしに差し出すと、向田は条文にざっと目を通しただけで、すぐに署名して寄越した。

「早速ですが、ロイヤルマリン下田というリゾートホテルをご存知ですか」

瑛が切り出すと、

「知ってます」

こたえた向田の眼光が鋭くなった。それまでの穏和な雰囲気が一転して、厳しいビジネスマンのそれに変わる。

「いま買い手を探しています」

テーブルに広げたのは、ロイヤルマリン下田の観光用パンフレットと会社概要だ。

「有利子負債の総額は」

売上げと損益しか書いていない概要表を見て、即座に向田は質問してきた。

「百四十億です」

「財務諸表、見せてもらえますか」

三期分の書類を渡すと向田は手慣れた様子で内容を点検しはじめる。投資銀行勤務経験のある男だ。専門家に相談するまでもなく、ロイヤルマリン下田の状況を判断できるはずだ。

ぶつぶついいながら、五分ほど書類を眺めていただろうか、ふと顔を上げた向田は、

「いくらですか、希望売却額は」

単刀直入にそう問うた。

「正式に決めているわけではありませんが、この有利子負債を引き受けていただけるのなら、値段はあってないようなものだとお考えいただいて結構です」

「たしかにそこがネックですね」

思案しつつ、向田はいった。「それにしても、新設のホテルによくこれだけのカネを三友銀行は融資しましたねえ。バブル以外の何ものでもない」

呆(あき)れたように感想を口にして続ける。「よくわからないんですが、ロイヤルマリン下田に融資しているのは三友銀行一行だけですよね。この資料を見ると、株主の東海商会のメーンバンクも三友銀行とある。なんで、産業中央銀行さんがM&Aの仲介をしているんですか。これであれば普通、三友銀行がやるでしょう」

「ロイヤルマリン下田の借金のうち、五十億円は当行の取引先、東海郵船の連帯保証債

務が入っています」

「なるほどそういうわけか」

再び資料に視線を落として向田は考えていたが、ふと顔を上げ、

「この辺りに競合ホテルがあるの、ご存知ですか」

そうきいた。

「徒歩数分のところにサンヴィレッジ下田という、リゾートホテルがあります」カンナがこたえる。

「なにかありますか」

尋ねた瑛に、「いや、こちらの話です」、と向田は答えず、

「この件ですが、買い手の競合はいるのかな」

話題を変えた。

「私どもでお話ししているのは、向田さんだけです。ただ――」

「急ぎの案件だと」

向田はわかっていた。

「少しお時間をください。近日中に、うちの代理人からご連絡させていただきます」

ようやく、ひと筋の可能性を引き寄せた瞬間。

「ぜひ、前向きにご検討ください」

瑛は深々と頭を下げた。

10

「能登島ホテル？」

手にしていた湯呑みをテーブルに戻すと、三友銀行の江幡の声に険が宿った。「そこを産業中央銀行が探してきたというんですか」

三友銀行の応接室だ。

この日、晋は担当者の江幡に、ロイヤルマリン下田の売却意向を伝えに来た。寝耳に水の話に反対するかと思った江幡だが、晋の予想とは裏腹に受け取り方は冷静だ。

「まだ当たりをつけた程度ですが、とりあえず検討してくれるそうです。石川の老舗ホテルだとか」

「聞いたことのないホテルだなあ。老舗とはいえ、大した資本力もないでしょう」

江幡は懐疑的である。「なんでそんなところが、ロイヤルマリン下田を買収できるんですか」

「どうやらバックに投資ファンドが絡んでいるんじゃないかと」

晋は、説明を受けた向田のプロフィールなどをそのまま語って聞かせた。

「なるほど、社長がそういうキャリアか」

江幡は、何事か考え込んで視線を壁の一点に結びつけたまま黙りこくる。

「しかし、どうせ売るのなら他にもあるのに」

やがてそんな感想を口にした江幡に、

「どこか思いあたる会社がありますか」

晋は遠慮勝ちにきいた。

「ウチはあの辺りの地元の企業とは密接なつながりがありましてね。そういう意味では、一日の長があるんです」

「そうだったんですか」

晋は驚いてきいた。

「ロイヤルマリン下田の近くに、サンヴィレッジ下田というホテルがあります」

近接するライバルリゾートホテルだ。「実はそのホテルを経営している一族は、地元でタクシーやバス会社を所有する名家なんです。親会社は伊豆下田観光交通といいまして、社長の亀山氏は県議もつとめた地元の実力者ですよ。つまり、カネはあるわけです。こちらからロイヤルマリン下田を買い取ってもらえないか持ちかけてみましょうか」

「それはぜひお願いします」

能登島ホテルの件は棚に上げ、一も二もなく晋はこたえていた。

「沼津支店を通せばすぐに面談の手はずが整うはずです。先方のアポが取れ次第、来週にも私が直々に出向いて交渉してきましょう」

半ば勝利を確信したような笑みを、江幡は浮かべた。

「しかし、いくらバックがあるとはいえ、あそこまで負債が膨らんでしまったウチのホテルを買い取るだけの資金的余裕はあるんでしょうか」

晋が不安を口にすると、

「そこで当行の出番となるわけですよ」

待ってましたとばかり、江幡はいった。「カネがなければ貸せばいい。サンヴィレッジ下田さえオッケーなら、手元資金があろうとなかろうと、そんなことは関係ない。後は我が三友銀行で融資します。まかせてくださいよ」

にんまりとした江幡は、その表情に自信を浮かべてみせた。「産業中央銀行の前に決めてみせますよ。機動力では三友の方が上だ」

11

能登島ホテルの代理人から山崎瑛のもとへ連絡があったのは、向田と会った数日後のことであった。行内の打ち合わせから戻ると、

「次長、ゴールドベルクという会社、ご存知ですか。先程、電話がありまして、能登島ホテルの代理人だということですが」

カンナにきかれ、瑛は首を傾げた。

社名は聞いたことはない。おそらく、最近、増え始めた企業売買を専門に手がける会社ではないか。

「調べてみたんですが、ブル・ブルックスのM&A部門にいた日本人が中心になって、三年前に立ち上げた会社のようです」

「ちょっと待ってよ。ブル・ブルックスって――」

カンナの説明に、ちょうど居合わせた牧野が目を丸くした。「向田社長が在籍していた投資銀行じゃないか」

「そうなんです。おそらく、この会社が能登島ホテルをバックアップしているから、あれだけの投資や買収が可能になったんじゃないでしょうか」

「どのくらいの規模なんだ、そのゴールドベルクというのは」

瑛が問うと、

「ホームページを見ましたが、社員は三十人にも満たない小所帯のようです。オフィスは六本木。雰囲気は外資系ですね」

未上場で財務情報はないからわからないが、能登島ホテルの投資買収の経緯を見ても、その手腕の確かさは透けて見える。

「かなり手強い相手が来るんじゃないかな」

牧野が警戒心を滲ませた。「ハードネゴになるかも」

「代表の三原さんという方が今週中にも面談したいということでした」

「三原？」

カンナの言葉を聞き、瑛はふと顔を上げた。

「どうかされましたか」

不思議そうな顔のカンナに、「下の名前、わかるか」、ときく。

「比呂志です。ホームページに出てました」

それを聞いた途端、自然と笑みが浮かんだ。

「そうか、ブル・ブルックスか」

そんな言葉が自然と出てきて、カンナと牧野のふたりをぽかんとさせる。

なんで気づかなかったんだろう。頭の中でまるで無関係に存在していた記憶の回路が、唐突に繋がった。そんな感じだった。

それから二日後の午後二時、産業中央銀行の応接室に、ひとりの男がいて、瑛を待っていた。

ゴールドベルクの代表者、三原比呂志だ。大柄で血色がよく、いかにもやり手の金融マンという雰囲気である。

「こちら、次長の山崎です」

先に入っていたカンナが紹介するのと、「よう、久しぶり」、そういって三原が右手を差し出したのは同時だった。

「本当に久しぶりだな。日本に帰ってきてたんだな。なんで連絡してくれなかった」

瑛も応じ、どうやら旧知の仲らしいふたりの会話に、カンナと牧野のふたりがきょとんとした顔になる。

「すまんすまん。会社設立やら何やらで、バタバタしていて。最近、落ちついてきたんで、そろそろと思ってたら、これだ。まさに奇遇だな」

「いやあ、驚いた」

瑛も笑っていった。「でも、元気そうで安心したよ――ガシャポン」

12

「それにしても、お前の会社が能登島ホテルの代理人だとは驚いたよ」

その夜、三原と日比谷のホテルのバーで再会したのは、午後十時過ぎのことだった。

「あの買収案件を次々とまとめてるのは凄(すご)いですね」

尊敬の眼差しでいったのは、この夜三原とプライベートで酒を飲むと知ってついてきたカンナだ。

「いや、本当に凄いのは向田社長だよ」

三原はいった。「まず、ベンチャーキャピタルを説得して、傾きかかった旅館を三軒買収して立て直してみせたんだ。かつて同僚だったオレのところに声がかかったのは、それからだな」

「買収したホテルや旅館に、能登島という名前を付けないでそのままの看板にしておくというのがユニークですね」

カンナがいった。

「もともと能登島ホテルという名前の知名度はないに等しいからな」

三原はいった。「逆に名前を変えることでそれまでついていた顧客を失うことにもなり得る。それと、それぞれのホテルの個性を生かしながら黒字化するのが向田流のこだわりでね。従業員だって、愛着のある看板が変わったら、いかにも買収されましたって感じで嫌だろうからな」

「ということは、ロイヤルマリン下田もそのままの名前で営業継続できるんですか」

カンナがいうと、

「まあ、買収できれば」三原は曖昧にこたえた。

「ひとつ気になることがあるんだが」

瑛がいった。「サンヴィレッジ下田っていうリゾートホテルがある。ロイヤルマリン下田のライバルホテルという位置づけだ。ここは何かあるのか」

「サンヴィレッジ下田、か」

名前を聞いたとたん、三原の表情の中で何かが退(ひ)いて行き、すっと目に見えないベールが降りてきた。

「すまん。それはいま説明できるこっちゃないんだ。まあ、そのうちわかると思う」

三原はいうと、「ところで、ちいちゃん、元気か」

妹の千春のことに、話題を移した。

「ああ、元気でやってる。地元の大学を出て、同じ市役所の同僚と結婚して、幸せにやってるよ」

「そうか、よかったなあ。オヤジさんたちは？」

三原の父親が三年前に亡くなったことは、母親から聞いて知っていた。実家の布団屋はとうに閉め、残された三原の母は、近くの老人ホームで暮らしているらしい。

「ああ、元気だよ。三年前にオヤジが心筋梗塞(しんきんこうそく)でぶっ倒れたけど、なんとか生還した」

瑛はいった。「オヤジもおふくろもずっと苦労してきたけど、いまやっと穏やかな生活を送ってる」

「そうか。よかったな」

ウイスキーのグラスを右手に持ち、三原は遠い目になる。「懐かしいな。たまに思うことがあるよ。こんなとこで、なにやってんだオレって。磐田の布団屋の倅じゃないか。あそこに住んでさ、親の面倒を見て、のんびりと暮らしてたほうがよかったんじゃないかって」

「それはオレも思う」

瑛はいった。「だけど、結局、これはオレたちの選んだ道なんだ。大学の頃から、お前は海外で活躍するバンカーになりたいっていってたよな」

「よく覚えてるな」

三原は、少し驚いた表情になる。

「実際にそうなったじゃないか」

瑛は真顔でいった。「お前は偉いよ」

「お前だって、やりたいことができてるんじゃないのか」

「いや」

薄暗いバーの空間を見据えたまま、瑛は首を横に振った。「まだまだだな。助けようと思っても助けられないで、見捨てた会社が何社あったか。そのたびに自分の無力さを痛感してきた」

「そこがお前のいいところだ」

まるでかつてのガシャポンに戻ったように、三原はどんと瑛の肩を叩く。「誰もが見失ってしまう原点が、お前にはいつも見えてる。宿命を背負った奴にしかできないことさ」

宿命――。

その言葉に、カンナが不思議そうな顔をしたが、三原も瑛も説明はしなかった。

瑛がどんなふうに育ち、そしてどうして銀行に入ったのか。

そのひと言に、瑛はいまここにいる自分の存在証明を見いだした気分になる。そのひと言に人生が凝縮されているような気さえする。

だがそれは――。

階堂彬だって同じなんじゃないのか。ふいにそんなことも思った。

それだけじゃない、階堂晋も崇も、そして龍馬も。すべて自らが背負う宿命に踊らされたのではないか。

「乗り越えなきゃいけない宿命ってのも、あるんだよな」

そのとき呟(つぶや)いた瑛のひと言は、誰にでもない、自らに向けたものであった。

13

その日——。

新幹線と在来線を乗り継ぎ、沼津からハイヤーに乗り込んだ向田と三原のふたりが向かったのは、市内の中心部にあるビルだった。

伊豆下田観光交通という歴史を感じさせるプレートの塡(は)まった玄関をくぐり、受付で名乗ると、すぐに最上階へ案内される。

応接室は、ビルの裏手に面しているためか、ひっそりとした路地に入り込んだように静かだ。

すぐにノックがあり、三人の男が入室してきた。この数カ月、買収交渉の相手として何時間もかけて話し合い、そして酒を酌み交わした男たちだ。

「お待たせしました。ちょっと先約が長引いたもので」

そういって肘掛け椅子にかけた初老の男には威厳があった。血筋の良さ、さらには県内一の企業グループを率いてきた自信と経験とがそう思わせるのかも知れない。

亀山直輝(かめやまなおてる)は地元経済界の重鎮のひとりであり、県政にまで大きな影響力があるといわれる人物である。

だが、その亀山はいま、いつになく厳しい眼差しを向田と三原に向けてきた。

何かが違う——そう三原は感じた。いままで何度か会って、亀山の人となりや、時として感情的になる性格を理解してきたからこそわかる微妙な齟齬だ。

「本日はお忙しい中、ありがとうございます」

三原がずいと上体を乗り出した。「そろそろ、お考えも固まった頃と思います。良いお返事をいただけるものと期待して参りました。よろしくお願いします」

能登島ホテルの代理人として、サンヴィレッジ下田の買収を打診したのは十カ月ほど前のことであった。

業界の信頼できるスジから、サンヴィレッジ下田の経営が悪化しているという情報を摑んだのはさらにその一年ほど前。

リゾートホテル業界への進出——それは向田の悲願といっていい。

向田の夢は、海外の一流ホテルに匹敵する高級リゾートを全世界で展開することだ。三原がしているのは、その壮大な夢を実現するための手伝いにすぎない。

国内で続けてきた買収はいわばその地固めであり、修業の場であり、向田春喜という男の手腕を世の中に示し、そして経済的基盤を築くための前哨戦であった。

サンヴィレッジ下田買収は、そんな向田が、満を持して選んだ案件だ。

伊豆下田観光交通という県内指折りの資本の一翼でありながら、現状のサンヴィレッジ下田はバブル崩壊後の不況によって疲弊し、親会社のお荷物と化している。

傘下企業はなんとしても守るという亀山の方針で支えてきたものの、ここにきて母体である伊豆下田観光交通の業績そのものが悪化。能登島側に願ってもない買収チャンスが巡ってきた。

歴史と伝統のあるこのホテルを買収できれば、まずは国内でのリゾートホテル進出の橋頭堡（きょうとうほ）になる——はずであった。

だが、このよそよそしさは何だ。

内心、首を傾げたのも束の間、

「向田さん。あなたは、うちの社風や伝統を大切にしてくれるとおっしゃいました。それは本当でしょうか」

まるで前提を疑うような質問が、亀山本人から飛び出した。

「もちろんです。いままで引き継がせていただいたホテルも皆、そのようにしてきました」

驚きを含んだ向田の答えに、返ってきたのは奇妙な沈黙であった。

何かいいたいことがあるのに躊躇（ちゅうちょ）しているような、そんなバツの悪い雰囲気が醸（かも）し出され、

「何かありましたか」

三原のほうから問うた。

「まあ、内緒にしてくれといわれてたんだが、それでは話が通じないから私からいいましょう」

亀山の隣から口を挟んだのは、サンヴィレッジ下田社長の姉崎であった。姉崎は、亀山の娘婿にあたり、いまは業績不振に陥ったサンヴィレッジ下田を任されているが、将来は伊豆下田観光交通の社長と目されているキーパーソンだ。

「向田さん、ロイヤルマリン下田にも手を伸ばしてるらしいね。それはどういうことですか」

はっと向田の横顔に緊張と驚きが走った。その目が細められ、

「それはどこから」警戒感を滲ませる。

「どこからでもいいでしょう」

そう答えた姉崎の口調に普段の穏やかさはなく、厳しいものが入り混じっている。

「ウチを買収して、さらにロイヤルマリン下田も買収する。どういう経営をされるおつもりなんです？　ウチは伝統ある老舗ホテルで格式がある。一方のあちらさんは、バブル時代の勢いで進出したのも束の間、高級リゾートとうたいながらいまや安売りの旅行パックで糊口を凌いでいるようなホテルですよ。あなたは、そんなホテルにまで手を伸ばしているんですか。ちょっと節操がないと思うんですが」

「お待ちください」

慌てて向田がいった。「それとこれとは別の問題と考えていただけませんか」

「近隣のライバルホテルですよ。いや、ライバルというのもおこがましい。まったく相容れないんですがね」

断固とした姉崎の口調に、さすがの向田も顔色を失った。

「どうも信用できませんな。これでは従業員が納得しない。あなたはウチの社風を軽くお考えのようだ」

新たに口を開いたのは、亀山の右腕といわれる森一彦。伊豆下田観光交通の金庫番と呼ばれる男だ。伊豆下田観光交通がらみのビジネスは、この森が首を縦に振らないかぎり実現しない。

「そんなことはありません」

慌てて向田がいった。「もちろん、皆さんを大切にしますし、サンヴィレッジ下田の伝統はしっかりと守らせていただきます」

三人から返ってきたのは頑なな沈黙だ。

「あの、いったいその話はどこからお聞きになったんでしょうか」

あらためて三原がきいた。能登島ホテルのロイヤルマリン下田の買収についての情報を得ているものは限られている。向田サイド、三原も含めた関係者の情報管理は絶対だ。

だとすれば、産業中央銀行か当のロイヤルマリン下田サイドか。

誰かは知らないが、なんてバカなことをしてくれたんだ。

いま三原の腹に湧き上がったのは、ふつふつとした怒りだ。

「本件ですが、一旦白紙にもどしませんか」

ついに最悪のひと言が亀山から発せられた。「こういうのはね、迷ったときには止めといた方がいいんだ。無理に進めてもロクなことはない」

「亀山社長、お待ちください」

三原は右手を出し、いまにも立ち上がらんばかりの亀山を押し止めた。「誰がどのようなことを言ったかはわかりません。ですが、我々は、必ずサンヴィレッジ下田さんを黒字化し、成長させてみせます。ですから、もう一度、ご検討いただけませんか。この通りです」

テーブルに額をこすりつけんばかりに下げた三原の耳に、そのとき向田の声が聞こえてきた。

「誰から何をお聞きになったかはわかりません。実際、ロイヤルマリン下田を買わないかと持ちかけられ、検討していることは事実です。私の考えでは、ロイヤルマリン下田をサンヴィレッジ下田のアネックス――新館として使えないかということでした。しかし、それが全くの勘違いであることがいまわかりました。自らの不明を恥じるばかりです」

顔を上げた三原が見たのは、真剣な眼差しで三人と対峙している向田の横顔だ。「ロイヤルマリン下田の件は撤回いたします。身勝手な未来構想で余計なご心配をおかけしたことをお詫び申し上げます。それは無かったこととして、ご検討いただけませんか」

「では、そっちの買収は――」

姉崎の問いに、

「もちろん断ります。お約束いたします」

向田の返答を、微動だにせず三原はきいた。

ダメだ。これは。

三原は内心つぶやいた。

終わっちまったぞ――アキラ。

第十三章　内憂外患

1

「秋本本部長がお時間を頂きたいとおっしゃっていますが」

秘書が告げたのは、午後に予定していた取引先訪問を終えて自社に戻ってきたときであった。

よほどの急用と見え、見れば秘書の背後にはすでに秋本が来て立っていた。

「すみません、社長」

せわしなく入室した営業本部長が発した第一声は、謝罪だった。

「太洋製紙から取引を打ち切りたいと言ってきました」

我が耳を疑うとはこのことだ。彬は思わず、秋本の顔をまじまじと見てしまった。あまりのことに言葉が出ない。

「太洋製紙が？」

東海郵船には、根幹先といえる主要取引先が何社かあるが、太洋製紙はそのうちの一社であった。取引も古く、遡れば祖父の代からになる。

「なんでだ」

思わず立ち上がって、彬はきいた。

太洋製紙との取引を失えば、業績への影響は相当なものになる。

赤字に転落するのではないか——。

唐突に込み上げてきた危機感に胸を衝かれながらも、同時に彬が覚えたのは違和感であった。

同社には、つい先日、社長就任の挨拶に赴いたばかりだ。

そのとき、取引打ち切りなどという話は、微塵も出なかった。それがいきなり……。

「どうも競合他社から弊社を上まわる条件が出たようでして……」

「競合他社？　どこだ」

咄嗟にきいた彬に、「わかりません」、と秋本が首を横に振る。

「条件は」

「きいてみたのですが、はっきりとは……」

秋本は歯切れが悪くこたえ、面を伏せた。

「緊急のミーティングを開きたい」

その場で秘書に告げた。「営業と経理の部課長以上を集めてくれ。夜でいい」

「詳細な報告書はすぐに上げるようにします。申し訳ございません」

秋本の丸まった背中がすごすごと社長室を出ていくのを見送った彬の脳裏に、ある思いが突如、顕在化したのはこのときであった。

バブル崩壊後の環境悪化、ロイヤルマリン下田への連帯保証債務、そういったことだけがこの会社の危機ではない。

会社が綻びはじめている。

彬はいまはっきりと、会社の屋台骨の軋む音を聞いた気がした。

その日の午後八時。東海郵船の会議室に重苦しい雰囲気が垂れ込めていた。

「ウチの取引は結局、どこにとられたんですか」

経理課長の草野の問いに、

「おそらく、二葉海運か、大京汽船あたりだと思うが……」

秋本の情報収集は、昼間、彬が受けた時点からほとんど進捗がなかった。

「なんでわからないんです。仕事を取られた相手すら聞き出すことができないんですか」

草野の焦りもわかる。足下の業績悪化で、経理部が抱いている危機感にはただならぬものがあった。

「条件が問題なら、もう一度取引条件を見直して荷物を取り戻せないんですか」

「それができればとっくにそうしてるよ」

門外漢の経理部、しかも格下の課長に指摘されたことに、秋本が気分を害して吐き捨てる。

何かが間違っている。

その答えを探しながら、このやり取りを彬は見ていた。

営業は、ある意味情報が命だ。重要な取引先を失いながら、その相手も把握できていない。条件で負ける以前に、組織の在り方として何らかの問題があったはずだ。

社長に就任して三カ月。

連帯保証問題という重い課題に振り回され、一方で就任の挨拶回りなど、外側の世界ばかりに目を向けてきた。

だが、ひとたび視線を社内に向けてみれば、そこにもまた、いやそこにこそ問題の根が深くはびこっている。

憤慨する草野の傍(かたわ)らでは、経理部長の難波が、議論に加わろうともせず傍観者を決め込んでいた。騒いだところでなるようにしかならないといった徒労感に、会議室全体が流されているような気だるさがある。組織疲労、経年劣化——停滞感が色濃く影を伸ばしている。

「じゃあ、太洋製紙との取引は諦めるんですね。それで、今年度の目標を達成するために、どんな対策を取られるのか教えて頂けませんか」

予算担当でもある草野の突っ込みに、

「対策？　そんな簡単なものじゃないことぐらい、経理部だってわかってるだろう」

秋本の激昂に、会議室はますます空疎な脱力感に染まっていく。

「わかった。太洋製紙の社長と直接話してくる」

彬のひと言に、秋本の顔がさっと上がった。「突然の取引打ち切りの理由はなんなのか、この耳で聞きたい」

そうでもしなければ、納得できるものではなかった。

「わざわざお越し頂くとは思いませんでした」

品川区にある太洋製紙を彬が訪ねたのは、会議の翌々日のことであった。多忙を極める社長の真鍋には会議後すぐさま面談のアポを入れたが、時間が取れたのはこの日の午後四時だった。

「つい先日就任の御挨拶を申し上げたばかりなのに、こんなことになってしまいまして申し訳ありません」

彬の詫びを泰然ときいた真鍋は七十近い歳のはずだが、見た目は五十代後半といっても通るほど若々しく見える。

「社内で検討したんだが、お宅にとっては残念な結果になった。ただ、今さら取引をなんとかしてくれといわれても遅いよ、階堂さん」

真鍋は穏和な男だが、態度は大手企業の経営者らしく旗幟鮮明だ。

「承知しております。ただ、今後の参考にさせていただこうと思いまして、事情を伺いに参りました。差し支えなければ教えていただけませんか。どちらの海運会社に替わられたのでしょうか」

「三島ラインさんに替えた」

秋本がどんな情報収集をしたかはわからないが、真鍋からはあっさりと社名が出てきた。しかも意外な名前が。三島ラインの企業規模は、東海郵船のおよそ半分だ。

「やはり、運賃はかなり安かったんでしょうか」

「まあ安い。だが、それが原因というわけではない」

気になる発言だ。

「とおっしゃいますと」

「お宅は対応が悪い」

直截な指摘に、彬は体を強張らせた。

秋本の説明は、運賃など、取引条件での「負け」。ところが、真鍋の言葉はその報告を真っ向から否定するものだ。

「それはどういうことでしょうか」

戸惑いながら、彬は問う。

「ご存知ないのか」

「恥ずかしながら」

こたえた彬に、

「現場から苦情が絶えなかった」

真鍋は続けた。「荷崩れしても対応は杜撰だし、補償まで何カ月も待たされる。遅着しても、天候のことだから仕方がないというような態度で、話にならないとな。さらに謝罪や説明もろくにないというので、ウチの製品に関する運搬ノウハウがある御社のこととはいえ、腹に据えかねた。悪く思うなよ、階堂さん。いままで殿様商売をしてきたんだから。そのツケが回ったと諦めてもらうしかない」

殿様商売……。

唖然としたまま、しばらく言葉がでない。

「そうでしたか……。申し訳ありませんでした」

彬はただ、深々と詫びるしかなかった。

2

「どうだ具合は」

その日、信濃町にある病院に龍馬を訪ねた彬は、ベッドサイドの椅子を引いてかけた。

「まあまあかな。悪い、ブラインド、開けてくれないかな」

個室のベッドの背を上げて本を読んでいた龍馬の表情には、ようやくひと頃の元気の一端が垣間見えるようになってきた。

立ち上がり、片隅の紐(ひも)を引くと、七階の窓からどんよりした曇り空と神宮外苑の緑が見える。

太洋製紙を皮切りに、この一週間というもの彬は、可能な限りの取引先を直接訪問して回った。

自ら顧客に接し、直接、東海郵船の評価を聞き出すためだ。

そこで出てきた情報は、彬の危機感を掻(か)き立てるには十分過ぎるほどだった。このままでは、どの取引先から太洋製紙と同じ判断を下されてもおかしくない。

特に、先々代から続く取引で、親密だと思っていた取引先ほど東海郵船の「殿様商売」を指摘したことが彬には衝撃だった。それがますます東海郵船という組織に対する彬の危機感を煽る結果になったのである。

果たしてどこに問題の本質があるのか、どう対応すればいいのかを、彬はこの数日間考えに考えた。そしてようやくある決意を固め、それを龍馬に告げに来たのである。

龍馬と関係があることだからだ。

「ロイヤルマリン下田、どうした？」

余程気になっていたのか、龍馬は真っ先にきいた。

「一昨日、産業中央銀行から連絡があって金沢にある老舗ホテルが買収に手を挙げてくれたよ。たしか今日、そこの社長が代理人と一緒に沼津へ行く用事があるとかで、そのついでに現地を視察してくるという話だ。交渉には前向きに応じてくれているらしい。まとまるかも知れない」

「そうか。よかった」

笑顔を見せた龍馬に彬はいった。

「実はな龍馬。――太洋製紙との取引、切れたぞ」

「まさか」

龍馬の目が驚きに見開かれる。「あの会社とは開業以来の付き合いだろ。どうして――？」

「最初聞いたとき、オレも我が耳を疑った。だけどな、取引は切れるべくして切れた。

それを教えてくれたのは、取引先だ」

老舗の看板。古くからの取引。安定した業績。それに胡座を掻いて自らを省みない営業。そして、現場で起きていることが正確に上に伝わらない風通しの悪さ。その全てが取引打ち切りに結びついている。

「龍馬、お前を社長に引き上げたのは秋本だ。だから今日は、お前にひと言断ろうと思ってここにきた」

ようやく彬は、病室に見舞った目的を口にした。「秋本を更迭するぞ」

返事はない。

「経理部長の難波も交代させ、草野を昇格させる。蔓延する旧弊を絶たない限り、東海郵船に明日はない」

感情が抜け落ちた目に向かって彬はいった。

3

「お呼びでしょうか」

彬と反対側のソファにかけた秋本は、果たして何の用かという顔で言葉を待った。

「秋本さんも知っていると思うけど、ここのところ取引先を何社も回って、いろいろなことをヒアリングしてきた。進んで話してくれるお客様もいたし、重い口を開くようにして話してくれた人もいる」

怪訝な間合いが挟まり、秋本は探るような眼差しになる。「秋本さん、太洋製紙が取引を打ち切った理由、なんできちんときかなかった」

単刀直入にきいた彬に、なんだまた太洋製紙の話かとばかり、秋本はうんざり顔になった。

「別にきかなかったわけではありません。先方もはっきりいいませんでしたし。それ以上きいても意味がないと思いまして」

秋本の肩書きは、常務取締役営業本部長で、いうまでもなく営業活動の要である。役員たちに根回しし、父に託されて社長職についた小西を追い落としたのは秋本であった。

龍馬をいくるめて社長に据えた裏には、いわば社長の後見人として社内を牛耳ろうという思惑もあったのかも知れない。

一方で、龍馬の予想外の暴走で歯車が狂うと、さっさと見限って裏でさんざん陰口をたたいてきたのも秋本である。

「ウチの対応が悪いというのが真鍋社長の言い分だった。何かトラブルがあったんじゃないか」

「えっ、対応ですか」

秋本はしらばっくれた。「そんな話はきいておりませんが」

「最近も荷崩れでの大きなクレームがあったはずだが」

「クレーム？」

駆け引きに長けた狡猾な目が、彬の表情を読んでいる。「申し訳ありません。調べてみないことには」

逃げを打った秋本に、彬は、「本当のことをいってくれないか」、と身を乗り出した。

「いや、本当のことといわれましても」

「じゃあ、これはなんだ」

誤魔化そうとした秋本の前に、営業部員がつける日誌のコピーをぽんと投げる。秋本の笑いが萎み、バツの悪そうな沈黙に変わるのを見ながら、

「読もうか」

彬は日誌を手に取った。「〝七月二日。太洋製紙の坂上部長より、先日の荷崩れの件、再発防止策を報告の上、謝罪をお願いしたいとの申し入れ有り〟。八月にも同様のコメントがある。謝罪に来い、と。一カ月、放置してあるということだな、これは」

「すみません。ちょっと忙しいときで、課長の戸村に任せたような気がします」

「じゃあ、いま戸村を呼んで話をきこうか」

黙りこくった秋本に、彬は改まった口調で続けた。「なぜ、業績が改善されないのか。そのことを、ずっとオレは考えてきた。景気が悪いからとか、競合他社のダンピングが厳しいからとか、いままでそんなことばかり考えていたが、ここに至って、そんな理由以前に、大変な問題を抱えていることに気づいたんだ。それは、ひと言でいえば、慢心だ。顧客不在の体質といってもいい」

返事はない。色黒のゴルフ焼けした男が俯き、静かに息を吐き出しただけだ。

「現場の声が社長のオレのところにまで上がってこない。挙げ句、取引打ち切りの原因まで、オレに隠している。秋本さん、ぶっちゃけてきくが、いまオレと秋本さんとの間に、信頼関係と呼べるものがあるだろうか。ことある毎に不都合を隠し、都合のいい事実ばかりを並べる。もうそんなのはご免なんだよ」

秋本の表情に影が差している。

じっと返事を待つ彬に、やがて零れてきたのは、ふっという笑いだ。

「本部長職は激務なんです、社長」

秋本はひきつった笑いを浮かべながら、抗弁した。「たしかにクレームを看過したのは不味かったと思いますが、その間私が遊んでいたと思いますか？　こんなたったひとつのミスを取り上げて、責められても困りますよ。そんなのは揚げ足取りじゃないですか」

「それは違うな」

彬は静かにいった。「秋本さんは社内政治はお上手だが、我が社の営業を引っ張るリーダーとしての資質には決定的に欠けているものがあると思う。それは、お客様に対するリスペクトだ。ミスを謝罪することも反省することもなく、どうせ取引は切れやしないとタカを括る、その態度だ。一旦顧客を舐めた営業マンは、二度と顧客の信頼を勝ち得ることはない。違うか」

「ちょっと待ってください。随分な言われようですが、それは私に辞めろということですか？　冗談じゃないですよ、私の代わりがどこにいるんです？」

秋本は開き直った。「ウチみたく同族社長が支配する難しい会社で、部下からの突き上げを抑え込み、モチベーションを保って働かせるだけのリーダーシップを発揮できる人間が社内にいますか。私がやってきたのは、いわば階堂家の汚れ役ですよ。そこのところを社長は全く理解していないじゃないですか」

「汚れ役など必要ない」

彬は即座に撥ね付けた。「オレが必要としているのは、顧客の声を忠実に反映し、適切に対応できる役員であり管理職だ。現場の不満を抑えろと誰がいった。不満があればすぐに聞きたいんだ。そこにこそ次の経営に繋がるヒントがある。秋本さんのやり方では、社長は何も知らず、何も見えない裸の王様になってしまう。龍馬がそうなってしまったように」

「それで私を切ると」

肩を揺すって笑った秋本は、「後悔しても知りませんよ」、と捨て台詞ともいえる言葉を吐いた。「それで？　私はどこへ行くんでしょうか。出向ですか？」

「あなたはもう六十だ。引退を考えてもいい歳じゃないだろうか」

手に取れるほどの敵愾心が、秋本の目に浮かんだかと思うと、

「そうですか」

というなり背もたれに体を投げ、足を組んだ。「最後にひとつ教えてもらえませんかね。私の代わりは誰がやるんです？　部長代理の小野寺ですか。それとも、手嶋あたりですか。どれも中途半端な連中ばかりですが。それで営業部が立て直せるとお思いですか」

捨て鉢な態度で部下の名前を口にする秋本に、彬が告げたのは意外な名前だった。

「君に後任人事を告げる義務はないが、教えてやるよ。ケーズフーズの北村利夫専務を抜擢するつもりだ」

「ケーズフーズ？」

秋本は笑いを吐いた。「畑違いじゃないですか。そんなところから人を呼んでも、部下はついてきませんよ。老婆心ながら申し上げますが、銀行さんの発想では会社の再生

は無理なんじゃないですか」

「有り難く拝聴しておくよ」

燃えるような眼差しが彬に向けられたが、反論の言葉は何ひとつ出てはこなかった。

秋本が部屋を出て行くと、どっと押し寄せた疲労感に堪えきれなくなって、肘掛け椅子に納まったまま目を閉じた。

どれくらいそうしていたか、再びドアがノックされ秘書が顔を出した。

「産業中央銀行からお電話です。至急、社長にと」

デスクの電話を取ると、

「忙しいところ申し訳ない」

いつになく切羽詰まった口調の山崎瑛がいった。「ロイヤルマリン下田の件、どこかから情報が洩れた。いま能登島ホテル側から、買収の話はなかったことにしてくれと、そういってきた」

「まさか」

掠れた声を吐き出した彬は、続ける言葉を失った。

4

「どうされたんです、こんなに大勢お揃いになって。しかも、産業中央銀行さんまで」

名刺交換しながら、江幡は皮肉たっぷりに瑛を見た。上席の次長、瀬田とともに勧められたソファに腰を落ちつけたものの、

「内々の話をさせていただくつもりで参ったんですがね」

瑛だけでなく三原も同席している状況に苦言を呈する。東海商会の応接室だった。

「不測の事態が起きたものですから。ロイヤルマリン下田の件です」

晋の言葉に、

「ロイヤルマリンの？」

江幡が片方の眉を上げ、話の続きを待つ。

「私から説明しましょう」

瑛が説明を始めた。「すでにお耳に入っているかと思いますが、当行ではロイヤルマリン下田の売却先として能登島ホテルさんと交渉のテーブルについていました。ところが、予想外の事実が判明して向田社長からは突如、交渉の打ち切りが通告されました」

「予想外の事実？」

問うた江幡は、

「情報漏洩です」

という瑛のひと言にすっと息を呑んだ。「能登島ホテルがロイヤルマリン下田買収を検討していることを洩らした者がいます」

「失礼——。それで、その交渉は、まったく再開の望みはないということでしょうか」

そう尋ねたのは次長の瀬田であった。がっしりした体格で身長も百九十センチはある。体力でバリバリ押していくタイプだ。

「残念ながら、ありません」

三原がこたえた。「能登島はロイヤルマリン下田に非常に興味を持っていましたし、条件面さえ折り合えば買収は実現できたと思います」

「三友銀行さんも能登島ホテルによる買収の件は、ご存知でしたね」

瑛が話を向けると、

「ちょっと待ってくださいよ」

江幡は、さも心外そうにいった。「はっきり申し上げておきますが、東海商会さんの主力銀行は我が三友なんです。子会社のロイヤルマリン下田に関しても、どこかの銀行が洟も引っかけない態度だったのに、ウチは手厚く支援してきた。その当行が、ロイヤルマリン下田に関する重要な経営情報を知る権利があるのは、当たり前じゃないですか」

「あなたが情報を得たことを問題視しているわけではありません。問題はその後です」

瑛は、三友銀行の担当者を見据えた。

「あなたは、その話をどなたかにされましたよね」

「私が？　何をいってるんですか」

否定してみせた江幡の横で、瀬田が慎重にこの成り行きを見守っている。

「御行では、ロイヤルマリン下田のライバルリゾートホテルに買収を持ちかけたと伺いましたが、おそらくそれはサンヴィレッジ下田ですね」

江幡の目が細められ、瑛の指摘の正しさを証明した。「そのとき、能登島ホテルがロイヤルマリン下田の買収を検討していた件、相手に話された。違いますか」

江幡はすぐにはこたえなかった。その脳裏で様々な思考の歯車がカタカタと音を立てているのが見えるようだ。しかし、

「我々が何の確証もなく、こんなことをいいに来たと思いますか」

瑛のひと言で、その顔面から血の気が退いていく。

「知らなかったんだ」

ついに耐え切れなくなって、江幡は告白した。「能登島ホテルがライバルホテルまで買収しようとしているなんて、そんなこと知るわけないだろう」

室内に落ちた重苦しい沈黙の中、

「本件については、こちらに落ち度があります。申し訳ありませんでした」

そう詫びたのは瀬田であった。

両膝に手をつき、深々と頭を下げつづける瀬田に、

「どれだけ謝罪されてもこの事態は取り返しようがない」

冷ややかに瑛がいった。「本日は、御行の売却交渉の報告がてら今後のご相談をされると伺いました。であれば、それを聞かせていただけませんか。我々もいま手持ちの情報を開示します。今後は、それぞれがバラバラに動くのでなく情報を共有することで作業の効率化を図ることができるはずです。いかがでしょうか」

「仰(おっしゃ)る通りです」

瀬田はいうと、渋い表情で続けた。「江幡がサンヴィレッジ下田にロイヤルマリン下田買収案件を持っていったのは、お察しの通りです。ですが、残念ながら交渉のテーブルにすらつくことなく、その場で断られました。ロイヤルマリン下田との軋轢(あつれき)については、私どもの認識が甘かったと反省しております」

惨敗の報告に、晋は顔を蒼ざめさせた。

「産業中央銀行さんには、どこか次の買い手候補に心当たりは――」

瀬田の問いに、

「いえ」

瑛は首を横に振った。「外資系の大手ホテル、そして国内ホテルの大手から順番に当たりましたが、いまのところ見つかっていません」

売却交渉の行く末はいま濃い霧に覆われ、重苦しい沈黙の中、出口のない思考だけがあてどなく彷徨（さまよ）っている。そのとき、

「あの、よろしいでしょうか」

その沈黙に割って入った者がいた。三原だ。

「もしよろしければ、私に手伝わせていただけないでしょうか」

「君が？」

晋が驚いた顔で、三原を見る。

「ええ。失礼ですが、このままで短期間に買い手を見つけるのは極めて難しいでしょう」

三原らしいはっきりした物言いだが、反論するものはいない。「ひとつ提案があるのですが、同業以外に目を向けてはいかがでしょうか」

「そんなの無数にあるじゃないか」

晋はいった。「それこそ、藁（わら）の山から針を見つけ出すようなものだ」

「その通りです」

三原は否定はしなかった。「ですが、それを探すのが、私たちの仕事です」

5

山崎瑛が六本木にあるゴールドベルクの本社オフィスを訪ねたとき、自室の広いテーブルの上を隙間なく埋めた書類に、三原は囲まれていた。

ガラスの壁で仕切られたオフィスは個室がコの字に並ぶ洒落た造りで、その中央のスペースには、応接用というより社員がくつろぐためのテーブルと椅子があり、壁際にはミニバーまである。

「ようこそ」

テーブルで向かい合った三原は、深い森の中を三日三晩彷徨い歩いたかのような疲れ切った表情をしていた。

大きなテーブルはいま乱雑に散らかっている。ロイヤルマリン下田の経費の分析、様々な情報と財務に関する書類、ロイヤルマリン下田の旅行パックのチラシまである。瑛が提供した産業中央銀行による企業精査の報告書コピーが、数多くの付箋が貼られて積み上げられていた。

「進展なし、か」

相手の顔を見ていった瑛に、三原はしばし押し黙り、

「まあ、そんなところだ」、と認めた。

「同業同士での売買の可能性は低い。ならばどういう会社が買い手になり得るのか――」

瑛にというより、自問しているような口ぶりである。

「これからホテル業の進出を計画している会社とか」

「二社、あった」

三原はこたえた。「信頼できるスジにそれとなく打診してみたが、一社は次期五カ年計画にホテル業を入れるか入れないかという程度で時期尚早。もう一社は、すでにホテルの土地買収を完了していて、こっちは遅すぎた」

「立ち入った質問で悪いが」

瑛は、手にした書類をぽんとテーブルに投げてきいた。「どんな買い手と懇意にしているんだ？　まさか面識もなく、飛び込みで会社を売るわけじゃないだろう」

「いろいろだよ」

リクライニングにした椅子の背にもたれ、三原は大儀そうに両手の指を胸の前で組んだ。

「まず、ウチと経営アドバイザリー契約を締結している会社が数十社ある。どれも中堅から大手の企業だ。ホテル業界では、お前もすでに知っている能登島ホテルはウチのお

得意さんのひとつだ。その他にいろんな成長ステージにいるＩＴ企業、造船、繊維、食品関連——たいていの場合は、会社の買い手としての動機が存在している。だが一方で、飛び込みで話をしにいくこともある」

「その手札の中には、ロイヤルマリン下田に興味のある会社はないと」

瑛が問うと三原は二度、三度と椅子の背を揺らしてからこたえた。

「ない」

きっぱりとした口調だ。「だけども勘違いするなよ。それはウチの手札が少ないからじゃない。一般論でいえば、企業売買はいま圧倒的な売り手市場なんだ。まともな売り物なら、確実に売る自信はある」

三原はいった。「ところが、現実には売り物になる会社が少ない。大赤字で財務内容が悪かったり、従業員十人未満の零細でなんの取り柄もない大企業の孫請け——そんな会社には、どれだけ待ったところで買い手はつかない」

説明することによって、三原は自分の頭の整理をしているようでもある。「オレはこの三日間、果たしてロイヤルマリン下田にどんなセールスポイントがあるかを必死で探した。そしてわかったことがある」

一旦言葉を切って、三原は続けた。「この会社には売り物としての魅力がかなり乏しい。せいぜい設備が比較的新しいことぐらいだ」

「同感だな」

瑛も正直にこたえた。「少なくとも買収によって百四十億円もの借入金を引き受けるほどのメリットはない」

「いいね。意見が一致した」

三原は茶化した言い方をする。「要するにオレたちは、まったく売り物にならない会社を売ろうとしていると——そういうことだ」

どう考えたところで、それが現実だ。誤魔化すことも消し去ることもできず、厳然とそこに存在している事実だ。

「売れるものは売れる。売れないものは売れない」

三原はいった。「だけど、そんなことをいっていたら、売れないものは絶対に売れない。とはいえ、誤魔化しや嘘はダメだ。正々堂々、真っ向勝負で買い手を探す必要がある」

「どうやって」

瑛の問いに、ひどく真面目な顔になって、三原は椅子の背から体を離した。

「いま、それを考えてる」

6

「手詰まり、ですね」

カンナはため息混じりにいい、椅子の背にもたれている。

能登島ホテルとの交渉が頓挫してひと月が経過し、年も新しくなっていた。すでにロイヤルマリン下田に関して、あらゆることを研究し尽くしたといっていい。

夕方五時から開いた定例ミーティングの席である。

「とはいえ、このまま手を拱いていても時間ばかりが過ぎちまうしな」

進まぬ事態に気怠さを滲ませて、牧野がいった。

「でも、なんかひっかかるんですよね」

カンナは、手にしていたボールペンを書類の上に転がしていった。「私たちがこれほど真剣になってるのに、階堂社長はどうなんだって。昨日、面談にいったんですが、いまだ買い手をみつけられないことにいたくご立腹でした」

東海商会の階堂晋のことだ。「文句はいうけれど、自分で買い手を探すわけでもなければ、こんなことになってすみませんのひと言をいうでもない。そもそも、ロイヤルマリン下田というリゾートホテルを始めたのは階堂兄弟じゃないですか。なのに、私たちだけがあくせくして、当事者である本人たちは他人事のように泰然と構えている。経営責任をまったく感じていない態度なんです。そんな会社を救うのが果たして銀行の役目なんでしょうか」

「別にロイヤルマリン下田が潰れようと、東海商会がおかしくなろうと、どうだっていいじゃん。問題は、東海郵船が連帯保証債務を負っているというその一事だけなんだから」

牧野の意見は合理的だ。

「東海郵船を救うためにやってるってことぐらいわかってます」

カンナのストレスも相当膨らんできている。「こんなM&Aを進めるより、東海郵船の債務不存在を主張したほうがいいんじゃないでしょうか。粉飾の決算書で騙したんですよ、あのひとたち。訴えてやればいいんです。なんでそうしないんでしょうか」

「階堂彬は、叔父たちを追い詰めてしまうことはしたくないと、そう思ってるようだな」

瑛がいうと、

「なんでですか。到底理解できません、私には」

カンナは不満を顔に出している。瑛は続けた。

「兄弟間の対抗意識、確執があっていまはぎくしゃくしているが、それを乗り越えてもう一度結束力を取り戻そうとした龍馬さんのことがあるからだ。訴訟にしてしまったら、階堂家は完全に断絶してしまう。そんなことは回避したい、というのが階堂彬の考えだ」

「優しすぎますよ」

半ば諦めた口調でカンナがいった。

「今は経営者だが、階堂彬の中味はオレたちと同じバンカーだ」

瑛はいった。「優しいわけじゃない。そう見えたとしてもそこには、苦悩と思考の末に選択された合理的な判断があると思う。あいつだって、内心は腸が煮えくりかえっているさ」

「感情的にはなりたくはありませんけど」

カンナはいった。「ロイヤルマリン下田も東海商会も、一緒に丸めて踏みつけてやりたいです」

その言い草に吹き出しかけた瑛だったが、ふと笑いをひっこめた。

「あ、すみません、次長」

「いや、そうじゃなくて――」

怒らせたと勘違いしたらしいカンナを、右手を上げて制した。

「そういうのもアリなんじゃないか」

瑛の言葉の意味がわからず、ふたりはぽかんとして顔を見合わせた。

7

「それにしても、お前が飯に行こうなんて、めずらしいな」

階堂晋は、そういうとどこか猜疑心の浮かぶ目で彬を見た。

彬がたまに利用する新橋の洋食屋だった。ほとんどがテーブル席だが、個室もある。その個室のひとつに、彬はテーブルを挟んで晋と向かい合ってかけている。

「産業中央銀行からロイヤルマリン下田の件で話があったので」

「見つかったのか、相手が」

料理に手をつけていた晋の手が止まり、期待のこもった目が向けられる。

「いえ」

彬のこたえに、晋の視線が料理に戻っていく。だが、

「いまのままでロイヤルマリン下田を売るのは無理です」

彬のひと言でまた、晋が顔を上げた。

「産業中央銀行とゴールドベルクとで検討を重ねてきたんですが、いまのままで売却は難しいというのが結論です。三友の江幡氏には産業中央銀行から連絡を入れて意見の摺

り合わせをしていますが——」

彬はいった。「三友でも買い手探しが難航していて、売却で引き継いでもらう負債を減らしでもしない限り、売却は難しいという話になっているらしい」

「負債を減らすって、どの程度のことをいってるんだ」

晋は警戒してきいた。金額によっては死活問題になるからだ。

「それは買い手の考え方によりますよ」

彬はこたえる。「ロイヤルマリン下田の銀行借入は百四十億円。そのうちの五十億カットするのか百億か、はたまた半分の七十億か——」

「ちょっと待て、彬」

驚いて晋が制した。「要するにそのカット分を、こっちで引き受けろって話か」

「できますか？」

「無理だ。五十億どころか五億だって難しい」

「だから、ロイヤルマリン下田の売却は無理なんですよ」

「だったらその分、東海郵船で肩代わりしてくれないか。これじゃあ、共倒れになる」

彬はじっと晋を見据えた。

「実は、太洋製紙との取引が切れました」

「——まさか」

かつて晋や崇が東海郵船の商事部門と観光部門にいた頃から、太洋製紙は、押しも押されもせぬ主要顧客のひとつだった。それを失うことにどれほどの意味があるのか、晋にもわかる。

「調べてみると、太洋製紙以外の主要な取引先にも、ウチへの不満がかなりあることがわかりました。もしかすると、離反していく取引先がさらに増えるかも知れない。知らない間に、東海郵船の看板はメッキがはげ落ち、信頼を失っていたんです」

「大丈夫なのか、東海郵船は」

愕然(がくぜん)としてきいた晋に、

「マネジメントを見直します。徹底的に」

毅然(きぜん)として彬はこたえる。「人事評価を見直し、無駄を省(はぶ)き、縦割意識の強かった組織を見直す。営業や財務、そして船舶の運航までを密接に関連づけるチームを作った上で、まずは取引先の信頼回復、そしてコスト削減を見直す改革に着手しました」

「秋本を切ったのは、そのためか」

どうやら晋の耳にも入っていたらしい。「ケーズフーズの北村を据えたとか。あの男に東海郵船の営業部を率いるだけの力があるかな」

「ありますよ」

彬はいった。「それは叔父さんが一番よくご存知なのでは」

苦々しい記憶が蘇ったか、晋は嫌な顔をした。

かつてケーズフーズに対抗して晋が支援したスーパーマーケットは、たった一年半しか持たなかった。立地の選定、品揃え、流通の全てにおいて北村率いるケーズフーズに遠く及ばず、閑古鳥の鳴く店舗は、二年目の赤字が早々に確定した段階で撤退を決めた経緯がある。

「事業再編では、不採算事業を廃止します。客船事業からも手を退くつもりです」

晋の目が、驚きに見開かれた。

「フェリーは、東海観光のビジネスと直結してるんだぞ、本気か、彬」

「いま北村たち新役員と詰めていますが、事業再編の骨格が固まった段階で、東海観光には改めて相談するつもりです」

東海観光が売っている様々な観光プランに、東海郵船の内航フェリーは組み込まれている。

「客船事業に回っていた資本を、ガスや自動車、それ以外のばら積み船へ再投資するつもりです。廃船と新造船がからむ再編になりますから、ウチも生き残るために資金調達が必要なんです。ロイヤルマリン下田がらみの連帯債務は、うちにとっても死活問題です。現時点での東海郵船は、昔のように左団扇で殿様商売をしていた東海郵船ではありません。生き残るために、なりふり構わず全力で戦わなければいいとも簡単に淘汰されてしまう。いま東海郵船はかつてない危機にあります」

黙ってきいていた晋は、

「東海郵船が危機なら、ウチはどうなんだ」

自虐的に笑ってみせた。「ロイヤルマリン下田は巨額の借金を抱えて大赤字。おまけに本業の東海商会の業績も伸び悩んで鳴かず飛ばずときている。お前みたいに、事業再編すればどうにかなると思えるだけマシだよ」

「そんなことはない。東海商会だって、やりようによっては現状を打破できます」

「気休めか」

晋から短い笑いが吐き出された。「繊維がらみの専門商社に、なにができる」

「できますよ。叔父さんさえ、その気になれば」

彬は晋の目を真っ直ぐに覗き込んだ。「産業中央銀行の山崎から提案がありました。実は、ロイヤルマリン下田を売り抜ける手がなくはない」

晋の目が、見開かれた。

「どんな手だ」

彬は両手を膝の上に置き、晋と真正面から対峙する。

「東海商会を売ってください」

「なにっ」

そういったきり、晋は、しばし言葉を失った。両目を見開いたまま二の句が継げない。

彬は続けた。

「ロイヤルマリン下田だけでは買い手はつきません。ですが、東海商会であればおそらく買い手を見つけられる。それが山崎の見立てです」

彬は続けた。「東海商会は、多くの大手企業と取引があります。買収相手からすればこの取引先の層の厚みは魅力に映るでしょう。売り物になります」

「ロイヤルマリン下田はどうする」

「東海商会と一緒に売却できないか、まず探ってみます。東海商会の資産価値、のれん代、今後生むであろう利益を考えれば、ロイヤルマリン下田の負債を引き継いでもらえるかも知れない。それも、買収先の考え方次第ですが」

晋が、考えるときの癖で右手の親指の爪をかじりはじめた。

「私のメリットは？」

やがてそろりと出てきた問いに、晋の本音が透けた。

「条件次第では、東海商会の破綻を回避できます」

彬はいった。「いまのままではロイヤルマリン下田は破綻し、東海商会も行き詰まる。同時に、連帯保証債務を求められるウチもまた、窮地に陥ることになる。ですが東海商会を売却すれば、破綻を回避できるかも知れない」

「そして、私は社長をクビになるわけだ」

皮肉っぽくいった晋に、

「それも交渉次第です」

彬はいった。

「従業員の雇用維持、そして社長業の続投——そういった希望を伝えて交渉に臨むわけですから」

「相手がノーというかも知れない」

なおも否定的な発言を続ける晋に、

「ひとつ、いいですか」

厳しい口調で、彬はいった。「我々の反対を無視した挙げ句、詐欺師の口車に乗ってロイヤルマリン下田というリゾートホテルを立ち上げたのは、叔父さんたちでしょう。いまさらそれを責めるつもりはありませんが、経営者である以上、経営責任を取るのは当たり前じゃないですか」

黙考している晋にいった。

「これは和解案だと思ってください」

静かに彬は宣言した。「叔父さんたちもオレも、龍馬も、階堂家の人間としての宿命を背負ってきた。そのしがらみを捨て、新たに歩み出すための和解案です。東海郵船の状況はお話しした通りですが、それでも――できるだけのことは協力します。ですから、前向きに検討していただけませんか」

そういうと彬は真っ直ぐな目を晋に向けた。

8

「まさか、彬の言うことをきくつもりじゃないだろうな、兄貴」

話を聞いた崇は、疑わしげに晋を見た。

晋は目の前の湯飲みから一口啜（すす）っただけで、答えない。

東海観光の社長室である。

彬と食事をともにしたのは二日前の夜のこと。そして、「話がある」、と晋から直接、崇に連絡を入れたのはこの日の昼過ぎのことであった。

「おい、冗談じゃないぞ」

晋の腹づもりを見抜き、崇は言い放った。「東海商会まで売ったら何が残るんだよ。彬はただ連帯保証をしたくないからそんなことをいってるんだ。自分たちのために、兄貴ひとりに責任を押し付けるようなものじゃないか。客船事業をリストラするだと？そんな話、これっぽっちも聞いてないぞ。そんなことを、彬の一存で決められてたまるか」

東海観光の社長室で、崇は青筋を立てた。

しかしいま、崇の怒りの焰が激しければ激しいほど、思い詰めた晋の憔悴ぶりを浮き立たせる効果しかないように見えた。

「あのな崇――」

激昂する崇に向かって、晋はいった。「いろいろ考えたんだが、オレはもう――引退しようと思う」

そのひと言に崇が息を呑んだ。思いがけない言葉だ。

「何いってるんだよ。彬に言われたぐらいでなんだ。そもそも、ロイヤルマリン下田だってオレたちが売ってくれと頼んだわけじゃない。彬と産業中央銀行が結託して、勝手に進めてるようなものじゃないか。オレは認めてないからな」

「お前はいつもそういうが、だったら他に何か手があるのか」

晋の声は、からからに乾ききった地面のようにひからびて聞こえた。「ロイヤルマリン下田を黒字にするだけの、具体的な解決策があるか」

「いまは不景気なんだよ」

崇は景気のせいにする。「ロイヤルマリン下田だけじゃない。他のホテルだって業績は似たようなもんさ。この不景気を抜けさえすれば、客は必ず戻ってくるから」

「それはいつだ」

晋は問うた。「いつ景気がよくなる。今年後半か、来年か、再来年か」

「そんなことわかるかよ」

崇は呆れた口調でこたえる。「だけど、いつかは必ず上向く。それまでの辛抱だ」

「辛抱するにはカネがいる」

晋がいった。「カネを貸すのは銀行だ。主力の三友銀行は、これ以上、ロイヤルマリン下田に融資をすることはないだろう。ロイヤルマリン下田のために、ウチの会社は本業の運転資金まで突っ込んでしまった。この状況で、いつ回復するかわからない景気を待つのは無理だ」

この二日間、晋なりに彬の提案を熟慮したらしいことが、その態度からわかる。

「彬にいわれたよ」

晋は薄い笑みを浮かべた。「これは過去のしがらみを清算して、新たな一歩を踏み出すための和解案だとな。考えてみれば、オレもお前も、小さい頃から兄貴と比較され、軽んじられてきた。その兄貴を――周囲を見返すために、オレたちの実力を認めさせようと様々なことをしてきた。だが、それで実際、何が起きた？」

晋は率直な問いを崇に向けた。「対抗して支援したスーパーは惨敗、大赤字を計上して撤退を余儀なくされた。バブル景気に乗って勝負にでたロイヤルマリン下田は、見ての通りの惨状で、回復する術もないばかりか、本業まで脅かす存在になっている。とどのつまり、オレたちが巨額のコストと時間と労力を費やして証明したのは、オレたちの無能さ以外の何物でもない。オレたちは実力を認めさせようとして、皮肉なことに実力の無さを世間に晒しただけだ。オレたちは、ただのひとだ。凡人なんだ」

崇は息を呑み、晋を見つめた。驚いたことに、いま晋の目にみるみる涙が溜まり、このところ急激に皺の増えた頬をこぼれ落ちていった。

「凡人？」

崇の目に皮肉な笑いが浮かんだ。「そいつはいいや。凡人かよ。じゃあ、一磨兄貴は凡人じゃなかったっていうのかよ。彬はどうなんだ」

食ってかかるように、崇はきいた。「何も違いやしない。オレたちと同じ普通の人間だったじゃないか。最初から凡人もいなきゃ、天才もいない。たまたま置かれた状況が、同じ人間を凡人にも、天才にもするんだよ。オレたちに足りないのは才能じゃない。運なんだ！」

感情的になり、声を振り絞った崇に、

「ロイヤルマリン下田の計画をぶち上げたときのことを、覚えているか」

晋は静かに続けた。「あのとき、兄貴も彬も、即座にやめろといった。オレたちがどうなるか、ふたりともわかってたんだ。だが、オレたちにはわからなかった。理由はいろいろある。だけど、後からいうのは簡単だ。オレたちには嗅覚がなかったんだ」

「だから、それはオレたちのせいじゃないといってるだろう」

苛立ち、右手で膝を叩いた崇を見つめる晋の目は、ひたすら哀しげだ。

「理由はどうあれ、いまのオレたちにはロイヤルマリン下田を支えるだけのカネはない。ロイヤルマリン下田だけが苦戦しているんじゃないかも知れない。だとすればこれは持久戦だ。体力のない者から脱落していく。オレたちの乗ったクルマは、ガス欠寸前で砂漠のまん中に立ち往生しかかってるんだ」

晋はいった。「この話はオレにとって、水とガソリンを持って救助にかけつけたヘリコプターみたいなもんだ。もうここまできたら、会社を売って儲けようとは思わない。生活に困らない幾ばくかのカネをもらって、オレは引退するよ」

それは紛れもない、晋の敗北宣言であった。

崇が浮かべたのは、怒りと皮肉が入り混じった表情だ。

「それが兄貴の結論かよ」

吐き捨てるように崇はいった。「いいよな、兄貴はそれでフェードアウトできて。じゃあ、オレはどうなる？　ロイヤルマリン下田の借金に二十億円も保証した挙げ句、運命共同体となって潰れろっていうのかよ。そんな中途半端な結末があるのかよ。オレひとりを見捨てて救助のボートに乗るのか。オレはどうなるんだ、オレは。どうなるんだよ!」

そのとき、崇が向けてきた目を見た途端、晋は場違いな郷愁を覚えた。

懐かしい目だ、そう思った。

晋との言い合いに負けたとき、悔し紛れに向けてきたあの目だ。子供の頃の様々な記憶が猛烈な勢いで脳内を通り過ぎ、晋はふっと笑いを浮かべた。

気づけば、あれからもう六十年以上の歳月が過ぎている。

驚くべきことだ。だがそれは、本当にあっという間の時間だった。

そして、いまの自分がいる。

家族に守られ、豊かで苦労知らずの家庭に育ち、一流大学を出て、家業に就いた。次男の役割を求められたことへの反発、兄一磨への嫉妬——なんのことはない、そんな些細な感情やあつれきこそが、思いも寄らないところまで晋の人生を漂流させてしまったのだ。

いったい、オレの人生はなんだったんだ。

しみじみと自問した晋は、崇の眼差しから逃れるように天井を見上げ、魂の吐息を漏らした。

「オレは絶対に認めないからな」

崇が、なおもいった。「兄貴はバカだ。まったくわかってない」

「そうかもな」

晋は徐に立ち上がり、続けた。「だが、オレはもう決めたんだ。今日はお前にそれをいいに来た」

「ふざけんなよ！」

崇の拳が振り上げられ、力まかせにテーブルを叩いた。

晋は、その崇に背中を向ける。

「なあ、崇よ。いまになってひとつわかったことがある。敗北宣言は、勝利宣言の何倍も勇気がいるってことだ。だが、敗北もまた人生さ。悲しいかな、それがオレの受け入れるべき唯一の現実だ」

9

三原からの連絡は三日後にあった。

瑛とカンナのふたりが六本木にあるゴールドベルクのオフィスを訪ねたとき、フロアの最奥の部屋へ瑛たちを迎え入れた三原は、手にした書類を応接セットのテーブルにぽんと置いた。

東海商会に関する詳細な分析だ。瑛がそれを手に取ろうとしたとき、

「大日麦酒」

三原がいい、はたと瑛の手を止めさせる。

三原の無精髭を生やした顔に、そのときにんまりとした笑いが浮かんだ。

「東海商会は繊維商社ですよ、三原さん。なんでビールと繊維がくっつくんですか」

理解できないというように、カンナが問うた。

「大日麦酒は数年前から化学部門に力を入れて研究開発を進めてきたが、最近ファイバー系の新素材の開発に成功した。いま商品化段階に入っている」

三原が口にしたのは大日麦酒に関する最新情報だ。「大日麦酒のニーズは、この化学部門を成長させるための販売チャネルの確保だ。自前で販路をゼロから作れば金もかかるし時間もかかるが、東海商会を買収すれば、てっとり早く販路を確保できる。情報源はいえないが、大日麦酒が手頃な繊維商社を物色しているという話だ」

「東海商会を買収すれば、その取引チャネルをそのまま活用できるということですか」

ようやく、カンナも平仄があったらしい。

「また東海商会にしても、大日麦酒が製造した新素材という競争力のある商品を扱うことで売上げを伸ばすことができる」

三原が補足した。「このマッチングは、双方にメリットがあり相乗効果が見込める」

「大日麦酒とのパイプは？　話を持ち込む相手はいるか」

瑛が尋ねると、「もちろん」、と即答してきた。

「これはおもしろいディールになるぞ、アキラ」

第十四章　お荷物ホテル

1

三原比呂志のコネクションは、大日麦酒(だいにちビール)の企画担当取締役、沢渡裕行(さわたりひろゆき)だった。

「お久しぶりです。本日はお時間をいただき、ありがとうございます」

応接室で一礼した三原に、

「いや、こちらこそ。ブル・ブルックスを辞めて日本に戻ったという話は聞いていたけど」

そういうと、沢渡はしげしげと名刺を眺めた。「この会社は？」

「企業売買を専門にしている会社です」

「アウトイン専門？」

アウトインとは、海外企業の日本企業買収のことをいう。

「いえいえ、そんな大きなディールはまだできませんから。国内企業を扱っています」

「何かいい売り物でもあるのかな」

ソファを勧め、テーブルを挟んで向かい合った沢渡は、さっそく本題に入った。

沢渡には〝ちょっとした情報〟があるとだけ伝えてある。

大日麦酒の企画担当役員といえば企業売買のキーパーソンだが、それだけの理由で面談のアポが取れるのは、三原との信頼関係あってのことだ。

沢渡との面識ができたのは、三原がブル・ブルックスの企業買収部門にいた五年ほど前のことである。当時の沢渡は米州大日麦酒の社長で、三原と組み数社の買収を仕掛けて成功させた。当時から沢渡は大日麦酒社長候補といわれる逸材で、評判通り、沢渡が社長を務めた当時の米州大日麦酒は、飛躍的な成長を遂げたのである。

「新しい繊維を開発され、販売チャネルの構築を急がれていると聞きました。いい売り物件があるんですが、お手伝いさせていただけませんか」

彫りの深い、日本人離れした沢渡の風貌の中でとりわけ印象深いのはその目だった。猛禽類を思わせる鋭い眼差しだ。

「どんな売り物です」

「御社の新規事業に寄与する販売チャネルを持った専門商社です。詳しい話をさせていただけませんか」

沢渡はすっと押し黙り、何事かを頭の中で巡らせる。

興味がないはずはなかった。大日麦酒が販売チャネル確保のために売り物を物色しているという情報は事前に得ている。

三原は、足下においたバッグから一通の書類を出して沢渡の前に置いた。

秘密保持契約書だ。これに沢渡がサインすれば、東海商会という具体的な候補先と条件を話すことができる。

すぐに沢渡の手が動いた。ところが――てっきりサインするものと思ったその予想は裏切られ、すっと押し戻してくる。

「どこで聞いたか知らないが、出資がらみの話でしたらお断りします」

「M&Aにも興味はないと？」

「ありませんね」

あまりにもあっさりとした沢渡の返事があって、交渉は一気に終息に向かい始める。

三原の内面に焦りが生まれた。

「失礼ですが――」

なおも冷静さを保ち、三原はきいた。「それは、新素材の販売戦略に企業買収という選択肢はないということなんでしょうか」

沢渡の表情が初めて揺れ、答えを逡巡する。

「検討はしていますよ、もちろん。でも、それとこの話とは別問題です」

「私どもがご紹介できる会社の内容次第では御社のメリットになることもあるかと思いますが」

「可能性はあるでしょう。でも、少なくともいまは興味がない」

「そうですか。お忙しいところ失礼しました」

当てが外れて恐縮した三原に、

「いえいえ。また何かあったら、ご連絡ください」

沢渡は平然といった。「今回はご縁がありませんでしたが、三原さんのご紹介ならきっとそれなりの内容だったんだろうと思います。これに懲りずにぜひ」

釈然としない。そんな胸の内を抱えながら、三原は短い面談を切り上げ、大日麦酒を後にするしかなかった。

2

「不調に終わった……?」

その報せを受けた階堂晋は、膝からその場に崩れ落ちそうになる自分の体をなんとかデスクにもたせかけて保った。

電話の向こうでは、大日麦酒担当者の対応について説明する三原の声が続いている。

「残念ですが、現時点においては大日麦酒への売却はほとんど可能性がなくなったと考えられます」

「他に――」

晋は声を絞り出した。「他にどこか、ウチを買ってくれそうな会社は――ないのか」

驚いたことに、気力を振り絞らないと声すら出ないほど、打ちひしがれた自分がいる。

電話の向こうがしばし沈黙し、

「現在、検討中です」

そんな返事があった。

バカだな、オレは――そう思う。

最初、身売りの話を持ちかけられたときには正直、憤慨した。しかし、どうしたことだろう。一旦それを了承してしまうと、いつのまにかその話に強く依存している自分がいた。

しがらみ、先の見えない重圧と不安、社内外でおきる様々な問題。晋はそうしたものに押し潰されそうになっていたのだ。一旦それに気づいたが最後、もはやどんな方法でもいい、その煩わしさから解放されたい、たとえそれが敗北であっても――そんな強烈な欲求となって晋を支配してきた。

だがいま、失望は晋の胸の中で急速に膨らみ、ぐらぐらと体を揺さぶられているようだ。

晋は電話が切れてなおそれを握りしめたまま、離せなかった。

「もし、会社が売れなかったら……」

再び晋の胸に厳しい現実の重しがのしかかってきた。いつ果てるとも知れない苦しみだ。誰にも相談することなく、ただひたすら自分の中で堪え続けなければならない苦行——。

いつか本当に、この苦しみから抜け出すことができる日が来るのだろうか。

強く目を閉じた晋は、心細さに喘ぎ、ひたすら救いを求めた。その救いが意外な形で現れたのは、それからひと月ほどが経った五月のことである。

「これが新しい買い手候補先のリストだ。オレなりに吟味して、有力な候補順に並べてある」

そういって三原が滑らせて寄越した書類には、五十社近い会社名が並んでいた。

「正直、東海商会だけなら売却先には困らないと思う。そこにロイヤルマリン下田という借金の塊が付属しているところが問題だ。おかげで、買収先は大手に限定される」

大日麦酒に買収話を断られて以来、三原率いるゴールドベルク社内で、インターネットや有価証券報告書といった様々なチャネルを当たり、ようやくできあがったリストだ。

ところが――。

そのリストの最上位にある社名を見て、瑛は思わず顔を上げた。

「おいガシャポン、大日麦酒が入ってるぞ」

ミスだと思った。ところが、

「気づいたか」

意味ありげにいい、三原はにやりとした笑いを浮かべる。「実はさっき急遽、入れといた」

三原がぽんと放って寄越したのは、ある会社の概要票だ。

株式会社マキタニ――。

「繊維の中堅商社だ。聞いたことあるか」

「いや、ない」瑛はこたえる。

「未上場で、企業規模は、東海商会よりもやや大きい」

「この会社がどうかしたのか」

「小耳に挟んだ話だが、売りに出てるらしい。しかも昨日今日の話だ」

意外な情報を三原は得ていた。「情報をくれた人間の話では、大日麦酒が買収しようとしていたのはこの会社じゃないかという話だった」

「ちょっと待て。売りに出ているということは、このマキタニと大日麦酒との交渉は——」

瑛は目を見開いた。

「破談になった可能性が極めて高い」

三原は厳かな口調でいった。「そんなわけで、この候補先リストに急遽、大日麦酒を追加したというわけだ。オレたちはまだツキに見放されてはないらしいぜ、アキラ」

3

約束の十一時丁度に大日麦酒本社の受付で名乗ると、案内されたのは、先日と同じ応接室だった。

先日の件でもう一度お話しできませんか——。

沢渡に連絡を入れ、三原がそう告げた途端、沢渡が指定したのは翌日の十一時という時間だ。おそらく最短のアポだろう。興味がある証拠だ。

「実はこちらからも連絡しようと思っていたところだったんだ」

案の定、ほとんど待たせることなく入室してきた沢渡は、テーブルの向かい側にかけると、まるで先日とは違う対応を見せた。「秘密保持契約書があるのなら、出してくれないか」

三原が差し出した契約書にサインした沢渡は、三原が鞄から出した書類を一目見るや、「東海商会だったのか」、とはじめてその社名を口にした。

「ご存知ですね」

「一応、買収検討先には入れていた。ただ――」

沢渡は言葉を切り、書類をみながら慎重に言葉を運ぶ。「その前に、もっと手頃な売り物が出たものでね」

おそらくそれが、マキタニという中堅商社だったのだろう。

「最初にお伺いしたいのですが、その会社との交渉はもう打ち切られたんですか。復活する可能性は？」

三原がきいた。

「ない」

沢渡は断言した。「条件面が折り合わないので、最終的に見送りにした」

信用情報データベースに登録されたマキタニは業態こそ東海商会よりも大きいが、三原の見たところ取引先が偏っていた。新素材を幅広く売りたい大日麦酒としては、販売チャネルの少なさが、最終的に買収まで踏み込めなかった要因かも知れない。

沢渡は、その場で東海商会の概要、過去十年分の財務内容に目を通した。

「このリゾート事業はどうやって出口を見つけるつもり？」

案の定、ロイヤルマリン下田に関する記載ページで、沢渡から質問が出た。ポイントを突く質問だ。

「再建前提で債務を引き継いでもらえないでしょうか」

沢渡は慎重に考えている。やがて出てきたのは、

「これを切り離して東海商会だけを買うというわけにはいかないのか」

という期待外れの返事だ。「ウチとしてはそのほうが買いやすい」

「それはわかります」

簡単に引くわけにはいかない。「ですが、なんとかこのリゾート事業込みで考えていただけませんか」

「連帯保証債務があるね」

沢渡は鋭く指摘してみせた。

「ロイヤルマリン下田の借入のうち、東海商会が七十億連帯保証債務を負っています」

「一体、この二社をいくらで売ろうとしているわけ？」

単刀直入な問いである。

「負債の全額の引き受けをしていただけるのなら、全株を譲渡します」

三原の提案に、

「それは受けられない」

沢渡ははっきりと答えた。「化学部門の新規事業のために、東海商会がたしかに有効な買収先だと認める。しかし、うちにロイヤルマリン下田を経営するノウハウはないし、その意思もない」

「ロイヤルマリン下田の負債を軽減するといった条件では——」

「ダメだ」沢渡は言明した。

「あくまでロイヤルマリン下田を切り離せと」

三原の言葉に、沢渡は頷く。

「東海商会だけを売ってもらいたい。ロイヤルマリン下田への連帯保証も解除してもらいたい。もしそれが可能なら、しかるべき金額を提示して欲しい。それなら検討に値する」

4

「ロイヤルマリンを切り離す、か……」

瑛がぼそりとつぶやき、右手の指で顎のあたりを押さえて考えている。「単に、ロイヤルマリン下田の負債を軽減するとか、そういう条件では全く検討の余地はないということか」

「その通り」

三原はじっとテーブルの資料を見つめながら、沢渡とのやりとりを頭の中で反芻して いるようにも見える。「大日麦酒の交渉を継続するのなら、切り離す方法を考えるしかない」

沢渡との面談結果を踏まえての打ち合わせである。

東海商会の会議室には瑛とカンナ。階堂彬もいる。テーブル中央の席では晋が腕組みしたまま微動だにせず話を聞いていた。その隣には三友銀行の江幡もいて神妙な顔で耳を傾けている。

「大日麦酒以外の買い手候補は」

彬がきくと、

「ウチの担当チームが密かに当たっているが、どれも今ひとつですね」

と三原。「合併後の相乗効果を考えても、大日麦酒を最有力候補として検討すべきだと思います」

「たしかに、いまのロイヤルマリン下田では手を出すところはないだろうな」

彬が嘆息した。「いずれにせよあの負債額では無理だ。百億円程度に圧縮できれば買い手はあるかも知れないが」

「その通りです」

三原がこたえた。「ですがそのためには、誰かがその借金を肩代わりしないといけない」

その誰かが誰なのか――いま全員が遠慮勝ちに晋を見た。

「無理だ」

晋の呻(うめ)くような声が応じ、質量の大きな沈黙が応接室の空間を埋めた。それとは裏腹に、大通りに面した窓が昼過ぎの輝ける空を枠取りしている。五月下旬の青空と白い雲が浮かぶのどかな風景画だ。

沈黙は、たっぷり十秒近くも続いただろうか。

「であれば、三友銀行さん。東海商会が差し入れているロイヤルマリン下田への連帯保証、解除してもらえませんか」

瑛のひと言に、それまで黙ってきいていた江幡がぎょっとした顔になった。

「か、解除？　無理ですよ、そんなの」

言下の否定だ。

「それさえ解除してくれたら、東海商会のみ大日麦酒に売却できる。晋社長はその資金でロイヤルマリン下田の借金を返済できます」

難しい顔のまま、江幡は押し黙った。

「大日麦酒はいくらぐらい出すと思う」

彬の問いは、三原に向けられたものだ。

「先方の具体的な希望額は聞いてませんが、東海商会の資産や収益力、のれん、そういったものを含めて、五十億円前後といったところでしょうか」

その売却代金を全額返済に回しても、ロイヤルマリン下田には九十億円の借金が残る。

「いまのままならロイヤルマリン下田は確実に破綻します。ならば五十億でも回収した方が得策ではありませんか」

瑛は江幡にいった。「一度持ち帰って検討してもらえませんか」

「まあ、そうおっしゃるなら」

渋々という表情で、江幡が溜息まじりにいった。もとより簡単な話ではないことぐらい、その場にいる誰もがわかっている。しかし、他に選択肢はない。だが——。

5

それから一週間ほどしたある日の午後、山崎瑛は、階堂彬と産業中央銀行の応接室で向き合っていた。カンナと牧野の担当ふたり、さらに東海郵船側は経理部長となった草野もいて、いま真剣な表情で広げたノートを膝の上に置いている。

「先日、三友銀行の江幡氏から、条件変更稟議の結果を知らせてきた」

彬の声は、微かな憤りを滲ませていた。「もし——東海商会を五十億円で売却するなら、ウチに追加で二十億円分の融資の連帯保証してくれということだった」

「二十億円の追加連帯保証？　それはどういう根拠ですか」と牧野。

「東海商会はロイヤルマリン下田の借入に七十億円の保証残高がある」

「単純に、その差額ってことですか。がめつい話ですね」

嫌悪感を滲ませた牧野の反応とともに、釈然としない空気がその場に漂う。

「でも、三友銀行は、ロイヤルマリン下田の土地や建物に抵当権を付けてるじゃないですか。過剰担保だと思いますが」

カンナの疑問はもっともである。

「それはぼくからも江幡氏に指摘した」

彬はこたえる。「ロイヤルマリン下田の土地建物は評価額が激減していて、大幅な担保割れをおこしているというのが先方の理由だ」

「それで、なんと答えた」

瑛の問いに、

「検討するといってある。不愉快な申し出だが、考えないわけにいかないからな」

階堂彬の返事には、難しい現実が透けていた。

東海郵船にしてみれば、五十億円の連帯保証に苦慮している現状に、さらに重石を乗せるような話だ。呑めるわけがない――そうは思うのだが、ひと筋縄でいく話でもない。

「三友からの条件を蹴れば、大日麦酒の東海商会買収は流れる。他にも大日麦酒に代わる買収候補先が現れるかも知れないが、売却価格はいずれにせよ五十億円前後になる。つまり、今回と同じで三友は首を縦には振らないだろう」

「要するに、三友の了解が得られない限り、東海商会単体での売却は難しいということですか」とカンナ。

「その通り。三友銀行は、連帯保証額の七十億円を上回る売却額でないと、東海商会の連帯保証を解除しない方針だ。交渉してみたが、変更の余地はない」

こたえた彬は、厳しい眼差しを瑛ら産業中央銀行のバンカーたちに向け、続けた。

「では東海商会の売却案が成立せず、このまま進んだらどうなるか」

「ロイヤルマリン下田は遠くない将来、行き詰まります」

カンナのこたえに、彬は頷く。

「ロイヤルマリン下田の借金は百四十億円ある。そのうちの五十億円はウチが連帯保証をし、七十億円が東海商会に、残りの二十億円が東海観光への連帯保証債務になる。果たしてそれだけの金を払えるか――」

そこが、問題なのであった。

もし払えなければ、連鎖倒産は免れない。

「東海商会と東海観光には、それだけの支払い能力はないな」

重々しい口調で、瑛が断じた。「おそらくその時点で破綻するだろう。だが東海郵船は――」

瑛の視線を受け、

「いや、ウチも安泰とはいえない」

危機感も露わに、彬がこたえる。「海運業界全体が不況に沈んでいる中、五十億円もの連帯保証債務は大打撃だ。順調にいっても、取り戻すのに五年はかかる。まず生き残れるかどうかの瀬戸際に追い込まれ、仮に生き残ったとしても新造船などの積極策を打つこともできない。結果的に、経営が逼迫するのは目に見えている」

階堂彬の見立てが決して大げさなものではないことは、その場にいる全員が理解している。

「ならば追加での二十億円の連帯保証を受け入れた場合どうなるか」

彬の仮説はさらに続く。「とりあえず東海商会を売却し、その売却代金をロイヤルマリン下田の借金返済に充当できる。肝心なことは、まずその時点で東海商会が破綻を免れるということだ。おそらく東海商会は、大日麦酒の傘下で急成長を遂げるだろう。もしかすると上場するほどの会社に化けるかも知れない。一方、問題なのは我々だ」

肝心なところであった。「ロイヤルマリン下田の借金は、百四十億円から九十億円に減少する。実はこれによる金利負担の軽減でロイヤルマリン下田の最終赤字は二億円圧縮される。他にもメリットはある。大日麦酒の海運に、ウチが参入する余地があることだ。だが、金利負担が減ったとはいえ、やはりロイヤルマリン下田の赤字は続く。ロイヤルマリン下田が破綻したとき、ウチが生き残れるかどうかは、やってみないとわからない。ここから先は、ある種の賭けだ」

彬の話が途切れると、室内に重苦しい沈黙が押し寄せた。

果たしてどちらを優先すべきか——現状維持か、東海商会の売却か。どちらも状況は厳しい。

「お前の判断を聞かせてくれ」

瑛にきかれ、

「東海郵船としては——」

階堂彬は、改まった口調でいった。「三友銀行の申し入れを受け入れ、二十億円の連帯保証を追加で差し入れようと思う。それでまず、東海商会を救う」

カンナが息を呑んだ。牧野が驚きの入り混じった表情で瞬きを忘れている。ノートにメモを取っていた経理部長の草野の顔は、予め（あらかじめ）その考えを聞いていたのか、悲痛な決意に満ちている。

「叔父たちとはいろいろあった。だが、東海商会も東海観光も、もとは東海郵船の一部門として祖父が作り、父が発展させてきたいわば身内だ。確かに、連帯保証を差し入れた経緯など、承服できないことは多々ある。憤りも感じる。だが、もし連帯保証を差し入れていなくても、この状況で、傍観することができたとは思えない。やはり、なんらかの手を差し伸べようとしただろう」

瑛は、瞑目し、じっと何かを考え始めた。

カンナと牧野は、思い詰めた眼差しを彬に向けたまま沈黙している。この経営判断の是非を判じかね、どう返事をするべきか、対応すべきかわからないのだ。彬の横で草野は凍り付いたようになってバンカーたちの反応に息を潜めている。

そのとき、つと目を開いた瑛は、テーブルに置いた書類の山に手を伸ばした。何を探しているのか――やがて引っ張り出したのはロイヤルマリン下田の財務書類だ。

そのページを静かに捲る音だけが、しばらく室内に響き、やがてある箇所で止まると、そこに並んだ数字をじっと眺める。

どれだけそうしていたか、短い吐息とともにそれをテーブルに戻してから、

「それで?」

そう彬に問うた。「お前の経営判断はわかった。たしかに現状維持より、追加保証して東海商会を売却したほうがマシだ。だけど、それでも最終的に行き詰まることは変わらない。ならばどうしたいのか、お前はその答えをすでに用意しているはずだ」

唖然とした顔で、カンナと牧野のふたりが、瑛と彬を交互に見た。いったいこのふたりの間にどんなコンセンサスがあるのか、いったいこのふたりには何が見えているのか。

「生き残るためには――」

やがて、階堂彬がいった。「ロイヤルマリン下田を黒字化するしかない」

「どうやって」

瑛が問うと、ようやく呪縛が解けたように草野が動き、抱えてきた新たな資料をテーブル越しに差し出した。

「実は、これを練るのにゴールドベルクの三原氏の力を借りた。ホテルの買収と再建について、彼らはエキスパートだ」

数十ページはありそうな分厚い資料だ。「組織改革の骨子、今後のマーケティング、さらに必要なリストラの詳細についてはそこに詳しく書いた。改革案の柱は、宿泊システムの刷新と海外高級リゾートとの提携、インターネットでの海外からの顧客の取り込みだ」

瑛が資料に目を通しはじめた。

「黒字化するために、どうしても銀行の協力が必要なことがふたつある」

彬が続けた。「ひとつが金利の引き下げ。もうひとつはリストラ費用の支援だ。東海商会を売却して有利子負債を九十億円にまで圧縮し、さらにこの計画を実行することで、現在年間五億円以上赤字を垂れ流しているロイヤルマリン下田は、少なくとも二年以内に黒字化する。いや、してみせる」

「三友銀行の感触は？」

瑛がきいた。「もう話したんだろう。彼らはこの計画を信用したか」

「残念ながら」

階堂彬の首がゆっくりと横に振られた。「ロイヤルマリン下田の足下の業績悪化を理由に金利の引き下げも拒否された」

やおら階堂彬が向けてきた眼差しには、運命と戦う男の決意が強く滲んでいた。

「ロイヤルマリン下田は絶対に倒産させない」

力のこもった声で彬は言い放った。「だから——だから産業中央銀行で同社に融資してもらえないか。それでロイヤルマリン下田への三友銀行の融資を全額返済したい。必ず、あのホテルを黒字にしてみせる。必要な資金は百四十億円だ」

最終章　最終稟議

1

「どう思う」

東海郵船の階堂彬を見送り、デスクのあるフロアへ戻ろうとしたカンナに牧野が遠慮勝ちな声できいた。

振り向くと、気後れして腰の引けた顔が、カンナを見ていた。

「どうって？」

「階堂社長の申し入れさ。オレ、無理だと思うんだ。不可能だよ」

山崎瑛が姿を消した営業本部のフロアを一瞥し、牧野は蒼ざめている。「この案件、通らないぜ。そう思わないか」

カンナは答えられなかった。

創業以来赤字を垂れ流し、青息吐息のリゾートホテル。それを救済するために、巨額の資金を投ずることに経済合理性を見いだせるのか。それを良しとする組織の論理がどこにあるというのか。

そもそも、乱脈融資としかいいようのないカネを貸したのは、三友銀行だ。暴利を貪り、赤字でも金利を引き下げようとしない。階堂彬の申し出は、見方によっては、好き放題やってきた三友銀行の不良債権を引き受けてやるようなものに映る。

「金利を引き下げ、東海商会のM&Aを承認するのは、本来、メーンバンクとしての三友の義務だ」

牧野の主張は正論だった。「だけど、それを連中は放棄した。つまり取引先の再生より、自分たちの債権保全を優先させたんだ。連中は、融資さえ回収できれば、東海郵船グループがどうなろうと構いやしない。この案件は貧乏くじだ、水島。リスクはあっても、現状のままで、東海郵船だけを守ることを考えるべきだと思う。三友の取引先の面倒まで見てやる必要はない」

「牧野さんのいうことはもっともだと思う。でも、それはスジ論よね」

表情を消し、カンナはこたえる。「そのスジを通したところで、結局は同じ。三友銀行は結局、強引な債権回収をするでしょう。東海郵船が深刻な事態に陥るのも同じ。スジ論に拘っていたら、この事態は打開できない」

「じゃあ、どうやって稟議を構成するっていうんだよ」

声を潜めてはいたが、牧野は悲痛に表情を歪めた。「オレだったらこの稟議、書く自信がない」

「でも、山崎さんは引き受けた」

「無茶苦茶だ、あんなの」

牧野は決めつけた。「階堂社長とは同期入行だろ。さすがの山崎瑛も情に流されて正常な判断能力を失ってるんだよ。第一、不動部長がこんな稟議を通すと思うかい」

その名を聞いて、さすがにカンナも反論の言葉を呑み込んだ。

不動の与信判断は、極めて保守的だ。曖昧なロジックは即座に撥ね付け、甘い将来予測は決して信用しない。不要なリスクの一切を排し、ひとたび回収するとなれば非情に徹する神経の持ち主だ。

「はっきりいって、私にもこの案件がどうなるかわからない」

カンナはいった。「だけど、山崎さんが取り組むというのなら、手伝いたい。この案件にはスジ論も政治的判断も通用しない。滅多にない難しい稟議だと思う。会社を救うのか、銀行の論理を通すのか。なんのためにカネを貸すのか――問われているのは、銀行としての、いえ、バンカーとしての存在意義だと思う。だから、私はこの案件は進める価値があると思う」

カンナの決意に、牧野ははっとした表情で息を呑んだ。そして、瞬きすら忘れた目を

カンナに向けると、

「我々バンカーにとって、もっとも無意味な議論があるとすれば、それは理想論だ」

そう断じた。「そんなものに何の意味がある。理想を口にしつつ、現実を取る。それが銀行という組織じゃないか。この稟議はきっと失敗する。もし通ったらそれは――奇跡だ」

そう言うや牧野はさっと背を向け、足早に去って行った。

瑛の話を聞いた三原は、厳しい表情で腕組みしたまま考え込んだ。

午後十時。ゴールドベルクの三原の執務室だ。

「三友銀行が連帯保証を解除しない限り、大日麦酒への東海商会の売却は無理――そう考えていいか」

念押しした瑛に、「無理だな」、組んでいた腕をほどきながら三原はこたえる。

「あのあと沢渡さんと何度か打ち合わせをしたんだが、ロイヤルマリン下田は切り離してくれと何度も念を押されたよ。逆に三友が態度を軟化させる可能性はないのか」

「――ない」

瑛は断言した。「東海郵船からの申し入れの後、こちらからも三友銀行の江幡氏に交渉してみたんだが、不良債権が急増しているタイミングもあって無理だということだった」

「なにが不良債権だ。そんなのは単なる口実じゃないか。三友らしいといえばその通りだが」

三原は憤然としたものの、

「しかし大丈夫か、アキラ」

真剣な眼を向けてきた。「いかにお前とはいえ、ロイヤルマリン下田へ三友銀行の融資を全面的に肩代わりする資金を融資するなんて芸当、できるのか」

「まあ、無理だろうな」

この瑛のこたえに、三原はあんぐりと口を開けた。

「無理ってお前。じゃあ、どうするんだ。階堂社長に断りを入れるのか。検討しましたが、できませんでしたって」

「いや――」

瑛が首を横に振った。視線は手元の資料に結び付けたまま、いま静かに何かを考えている。

その手元には、東海郵船、東海商会と東海観光、そしてロイヤルマリン下田の貸借対照表が並べてある。

「ロイヤルマリン下田の有利子負債は百四十億円――」

有利子負債とは、平たくいえば借金のことだ。「設立して七年。いままで黒字化したことは一度もない。銀行取引は三友銀行のみ。このホテルに、産業中央銀行が新規融資を実行することは不可能だ。稟議するまでもない」

「それじゃあ、三友銀行の融資肩代わりはどうするんだ」

三原はいうと、ふと顔を上げ、「ははあ、わかったぞ」、とにんまりと笑った。「お前、もしかしてロイヤルマリン下田を倒産させるつもりなんじゃないか」

瑛は黙って先を促す。

「その時点で東海商会と東海観光も倒産し、それぞれの借金がチャラになる。そのタイミングを見計らって東海郵船が東海商会のスポンサーとして名乗り出る――違うか」

「それは、机上の空論だ」

一蹴（いっしゅう）され、三原は鼻に皺（しわ）を寄せた。「法的整理では、この三社を救えない」

「じゃあ、どうするんだ」

手元に並べた書類からひとつをつまみ上げた瑛は、そこに新たな図と数字を書き込み、三原の前に滑らせて寄越した。

それを凝視した三原の顔が上がったとき、そこに貼り付いていたのは明らかな驚きだ。

「頼みがある」

瑛はいった。「ロイヤルマリン下田を切り離したとき、即座に東海商会を売却できるよう、事前に交渉を進めてくれないか」

「わかった」

俄に興奮した口調で、三原はこたえた。「ところで、このスキーム、階堂社長には」

「昨日、説明した」

瑛はこたえた。「階堂には、東海商会と東海観光に話を付けてもらう必要がある。話がまとまったところで、稟議を書く」

「もし、まとまらなかったらそのときは――」

三原は言いかけた言葉を呑み込んだ。瑛の眼差しに並々ならぬ決意を見たからだ。

「まとめてみせる」

瑛は強い口調でいった。「まとめなきゃいけないんだ。東海郵船グループを救うために。階堂も、そしてオレも、運命を乗り越える」

2

階堂彬が、晋と崇のふたりの叔父と会ったのは、六月最初の木曜日、午後四時過ぎのことであった。

東海商会の社長室である。会社売却の件もあって晋とは顔を合わせているが、崇とは久しぶりだ。

「なんだ、この忙しいときに話って。つまらないことで呼び出したんじゃないだろうな」

やってくるなり空いているソファにふんぞりかえった崇は、猜疑心(さいぎしん)の浮かんだ眼を彬に向けてくる。

崇が東海商会の売却に反対していることは、内々に聞いていたから知ってはいる。同時に、東海郵船で進めている事業再編で客船事業から撤退しようとしていることも、崇には気にくわないはずだ。

神経質で秀才タイプの晋は話せばわかるところがあるが、崇は直情的だ。物事を好き嫌いで判断する。気に食わないとなると、とことん気に食わない。それが崇だ。

そしていま、ノックがあって秘書が新たな来客を告げた。

「なんだもうひとり来るのか」そういった崇は、入室してきた者を見て、思わず腰を浮かせた。

「龍馬――！　お前、もう大丈夫なのか」

「ご無沙汰してます。随分、長い間、療養させてもらいましたから。いろいろご心配をお掛けしました」

晋と崇は顔を見合わせ、

「まあ、こうして外出できるようになったんだ。よかったじゃないか」

崇がバツの悪そうな口ぶりでいった。

晋は龍馬にソファの空いている場所を勧めると、「あの連帯保証の件、すまなかった」、とそう詫びた。「お前を追い詰めることになってしまった。申し訳ない」

「あれはぼくにも責任がある」

龍馬が発したひと言に、彬だけではなく、ふたりの叔父も驚いた顔を向けた。「見せられた財務書類の矛盾をぼくは見破れなかった。だけど、兄貴は見破った。経営者として力不足だったと思う」

彬へ向き直った龍馬は、

「すまなかった」

率直な詫びを口にした。「ぼくの判断ミスで会社に迷惑をかけた。挙げ句、職務を全うすることすらできなかった。いつかちゃんと謝ろうと思っていたんだ。——申し訳ない」

両膝に手をつき、龍馬は深々と頭を下げる。

「もういい」

彬の中でずっと抱いてきたわだかまりが溶け、胸の中で温かなものに変化していくのがわかった。「お前は一所懸命にやったんだ。東海郵船の社業だけでなく、ロイヤルマリン下田をなんとか助けてやりたいと思ったお前の気持ちは本物だった。オレはそれに学ばせてもらったよ」

彬のひと言に、今度は龍馬が顔を上げ、意外そうな表情を見せた。

「叔父さんたちも聞いてほしい」

彬はいい、いよいよこの日の本題を切り出した。「東海郵船は、昔、ひとつの会社だった。それが、いまは三つの会社になってバラバラに存在している。問題なのは、会社を分けた理由だと思う。経営効率とかの合理的な理由じゃなく、兄弟や親戚がひとつの会社に共存する難しさがそこにあったんじゃないか――。しがらみや距離感を捌きされなかったが故の分社だったのではないか。その結果、いま我々が直面している難しい現状がある」

「なんだよ。一磨兄貴やお前がやれば、こんなことにはならなかったとでもいいたいのか」

崇は不穏な気配を目に漂わせた。

「我々がお互いに開けた関係で、一緒になって考えていれば、正しく経営判断が出来たはずだということです」

「そんなことわかるもんか。お前がいってることは結果論じゃないか」

そう決めつける崇に、

「ここでひとつ、はっきりさせませんか」

彬はいま、正面から対峙した。「ロイヤルマリン下田の業績は完全に行き詰まっている——これについて叔父さんたちがこの状況をどう考えておられるのか、いまここで再確認したい」

「いまさら何いってんだよ」

崇が鋭い口調でいった。「ロイヤルマリン下田どころか、兄貴の東海商会まで売却しちまおうとした奴が」

「売却せざるを得ないところにまで来ているというのが、オレの認識ですが」

彬はいった。「そうですよね、晋叔父さん」

「兄貴——！」

崇が口を開こうとしたとき、晋が制した。

「……その通りだ」

その発言に、ちっという舌打ちを洩らす。

「崇叔父さんはどう思ってるんです」

「そんなことをきくためにオレを呼んだのか、お前は」

答えず、崇はまくしたてた。「いいか、ロイヤルマリン下田は、オレたちの事業だ。

どうするかはオレたちが決める」

「まだ存続可能だと、そういうことですか」

冷静な彬の問いに、「当たり前だろう」、崇は腕を組んで横を向いた。

それ以上議論しても、何物をも産まない。そう判断した彬は続ける。

「じゃあ、ここから先は、晋叔父さんと龍馬に話します。崇叔父さんは、参考程度に聞いてください」

崇にいい、彬は再び言葉を継いだ。「三友銀行は、東海商会の連帯保証債務を解除する代わり、ウチに二十億円の追加保証をするよう申し入れてきました。崇叔父さんもそれはご存知ですね」

龍馬が驚いて何事かいおうと口を開けかけたが、言葉は出てこない。

「それがどうした」言葉を投げ出したのは崇だ。

「三友銀行は、すでに債権回収に入っています」

彬ははっきりと宣告した。「ロイヤルマリン下田に対して無担保の融資は一切するつもりはないでしょう。さらに、今後、東海商会と東海観光の調達余力は、せいぜい返済した分を半年に一度借り直す程度の支援に止(とど)まると思います」

肘掛け椅子に納まったまま、晋が額に指を押し付けている。

「そんなのお前の推測だろう」

崇が浮かべたのは、強気の態度だ。「三友は、ロイヤルマリン下田の創業を支援した銀行だぞ。いま百四十億円もの融資残高がある。そんな先を見捨てるはずがないじゃないか」

もはや彬は、反論しなかった。

「現状、ロイヤルマリン下田は年間五億円の赤字を出しています。このまま行けば、あと二年ほどで行き詰まります。そのとき我々の会社がどうなるかは、あえて説明するまでもないでしょう」

「で、お前はどうするんだよ」

崇がきいた。「三友銀行の要求通り、二十億円の追加の連帯保証を呑むのか」

はっと晋が顔を上げ、問うような視線を彬に向けた。

東海郵船の追加保証があれば、東海商会を大日麦酒（だいにちビール）に売却できる。そうなれば、晋はどん詰まりの状況を脱することができるはずだ。

「この申し出については、鋭意検討しました」

彬はいった。「正直、非常に難しい判断だったと思います。結論からいいますと、この申し入れは——断ります」

晋の頭がゆっくりと動き、天井を仰いだ。

龍馬は言葉すらなく、彬を見つめている。

崇は、睨めつけるような強い眼差しを彬に向けてきたかと思うと、突き刺すようにそれを床に落とした。

「いい心がけだな」

崇がこれみよがしにいった。「お前は結局、自分のことしか考えていないんだ。自分ではこれ以上のリスクは取らないと、そういうことか。だったら余程、三友銀行のほうが信頼できるぜ」

崇にかける言葉はもう、なにもない。

黙殺した彬は、準備してきた書類を茶封筒から取り出し、三人それぞれに手渡した。

「これは――?」

晋が、顔を上げる。

「産業中央銀行から提案のあった救済策です」

彬はこたえた。「もし、ロイヤルマリン下田が生き延びるとすれば、この案以外には考えられません」

龍馬がまばたきすら忘れて読み耽っている。

中味を読んだ晋の瞳も小刻みに揺れていた。信じられない――そう表情が物語っている。

「何が産業中央だよ。この期に及んでいい加減な――」

その書類を乱暴に開いた崇は、そこですっと息を呑んだ。言葉もなく押し黙ると、やがてその口から重く長い吐息を漏らした。

3

打ち合わせを終えて自席に戻ろうとしたときだ。声のほうを振り返ると、営業本部長の不動が手招きしているのが見えた。

「水島くん。ちょっといいか」

視線が合い、返事をする前にその姿が部長室に消えていく。

書類を抱えたまま足早に部長室に入るや、不動から質問が飛んできた。

「東海郵船の件だが、その後、どうなった」

五十億円の連帯保証とロイヤルマリン下田の業績悪化を踏まえ、東海商会を大日麦酒に売却する方向で進んでいることは報告済みだ。

「それが、三友銀行が連帯保証解除に条件を出してきまして——」

経緯を話すと、不動の眉間(みけん)に皺(しわ)が寄るのがわかった。「東海郵船の階堂社長からは、なんとか三友銀行の融資を当行で肩代わりできないかと」

デスクに両肘(りょうひじ)をついたまま不動はじっと考えている。やがて、

「山崎は、それになんとこたえたんだ」

厳しい眼差しで問うた。

「その方向で検討すると」

カンナの返事に不動は眉を顰める。たちまち不機嫌になり、目に怒りが浮かぶのがわかった。

「ロイヤルマリン下田に百四十億を貸すというのか。それで三友銀行からの借り入れを返済すると？　馬鹿な」

そう吐き捨てる。「なにを考えているんだ、山崎は。あんなリゾートホテルに融資なんかできるわけがないだろう。しかも百四十億円だ」

「しかし部長」

その怒りに気圧されそうになりながら、カンナは必死に抗弁した。「そうしないことには東海商会を売却できません。東海商会さえ売却できれば――」

「そういう問題か！」

不動が遮った。頭の回転は速く、バンカーとしては優秀だが激昂しやすいタイプだ。たちまち頬に朱が差し、まるでそこに怒りの対象がいるかのように部屋の空間を睨み付ける。

「稟議は君が書くのか」

「いえ——」

カンナの答えに、不動は眦を上げた。「本件は、山崎さんが書かれるそうです」

「山崎がこの稟議を？」

そのとき不動の唇に歪んだ笑いがこびりつくのを、カンナは見た。「おもしろい。返り討ちにしてやるよ」

その名の如く、こうと決めたら動かない男である。

「いいか、山崎に伝えておけ」

不動がいった。「私はこの案件には反対だとな。つぶれかけのリゾートホテルにカネを貸す馬鹿がどこにいる」

反論しようにも、その言葉は見つからない。

「かしこまりました」

そうひと言いい一礼したカンナは、足早に部長室を後にするしかなかった。

4

「社長、いかがでしたか」

階堂崇が会社に戻ると、それを待ち構えていたかのように経理部長の多賀が社長室に入ってきた。午後六時過ぎのことである。

「どうもこうもあるか」

崇は不機嫌そのままに言い放った。「彬のやつは言いたい放題さ。馬鹿にするのもいい加減にしろといいたかった」

腹立ち紛れの言葉に、困惑した表情で多賀はやり過ごすと、

「実は先ほど資金繰りをやってみたんですが、そろそろ運転資金を調達しておいた方がよろしいかと思いまして」

そう本題を切り出した。

「いくらだ」

「来月末までに三億円ほど必要になります」

「通常の運転資金か」

先ほど聞いた三友銀行の融資スタンスに関する彬の話を思い出しながら、崇はきいた。

「いえ。いつもの運転資金でしたら二億円ほどですが、今回はタキモト旅行社への支払いが特別にありますので、その分増えております。手形での支払いを現金にしてくれといってきましたから。その件については、社長に先日ご相談を申し上げた通りです」

そうだった。思い出した崇は思わず顔をしかめた。

手形で払えば三カ月後の決済になるが、現金なら待ったなしだ。そもそも、手形決済の約束を現金にしてくれなどけしからん話だが、ロイヤルマリン下田の業績悪化を懸念しているらしい。断りたくてもタキモト旅行社は大手で、東海観光と提携しているツアーがいくつもある。手を引かれてはマズイという判断もあって、やむを得ず支払い条件の変更に応じたのであった。

「明日、三友銀行の江幡さんがいらっしゃいますので、そのときにお願いしようと思います」

「何時だ」

東海商会の件について、江幡からも話を聞きたいと思っていたところである。

「十時に。同席されますか」

崇はうなずいた。

彬にはああいったものの、三友銀行のことを全面的に信頼できるかといえば、そう断言できない自分がいる。

「それと社長、明日、日本商工調査が来るそうです」

社長室を下がる前、多賀が思い出したように付け加えた。信用調査会社だ。「適当にこたえておきますので」

タキモト旅行社だけでなく、ロイヤルマリン下田の業績不振は業界の注目を集めている。この頃は、どこかの取引先が依頼したらしい信用調査員が頻繁にやってくるようになった。

ロイヤルマリン下田に対する東海観光の連帯保証は二十億円。

東海観光は、たかだか売上げ八十億円の会社だ。しかもこの不景気で足下の業績は悪化し、毎月赤字と黒字を繰り返している。

デスクに放り出した茶封筒から、先ほどの書類を出してみた。

彬の意向を受け、産業中央銀行の担当者が立案したというその計画が崇に突き付けてくるのは、経営者としての〝総括〟に他ならない。

経営者としての敗北を認めよ——そういっているのと同じだ。

「なめやがって」

込み上げてくる怒りに、崇はひとり言葉を荒らげた。

いまや東海郵船の社長となった彬の姿が、兄一磨と重なる。

この計画を認めたら、それは一磨に屈服するのと同じことだ。

冗談じゃないと思った。

この八方塞(ふさ)がりの状況にだって、どこかに逆転のスイッチがあるはずだ。

ロイヤルマリン下田を再建し、連帯保証債務の不安を払拭(ふっしょく)してくれるスイッチが。

崇は応接セットの肘掛け椅子に収まったまま、知恵を絞ってみる。

だが、どれだけ考えても何も出てはこなかった。

ただ時間だけが過ぎていく。その時間は、砂時計の砂そのものだ。その一粒一粒が自らの指からこぼれ落ちていく。どれだけ掬おうとしても確実に指先から消え失せていく。

そして最後の一粒が落ちたとき、自分もまた砂となって小さな穴へと吸い込まれてしまうに違いない。

先ほどまでの怒りが消えたかと思うと、崇はこの現実に戦慄を覚えている自分に気づいて愕然とした。

なんとかならないのか――。

孤独の中、崇はひとり苦悶し続けた。

5

「ところで、近々運転資金をお願いしたいと思いまして」

取引先を回るついでに直近の試算表を取りに来ただけだという江幡は、多賀のひと言に書類をカバンに入れる手を止めた。

「いくらですか」

「三億ほど」

「三億ですか。どうかなあ」

表情を歪め、いまカバンに入れたばかりの試算表をもう一度眺める。「二億円ぐらいなら折り返しということでなんとかできるんですが」

取引先に対する支払い条件の変更があった旨を告げると、

「なんで断らなかったんですか」

そんな返事を寄越す。「結局、運転資金を調達しなきゃならなくなって困るのは御社なのに」

違和感を、崇は覚えた。

「おい、江幡さん。三億円も調達できないぐらいウチの業績は悪いわけじゃないだろう。前期だって黒字を計上しているし、何が問題なんだ」

「何が問題って、ロイヤルマリン下田に決まってるじゃないですか」

江幡は迷うことなく断じた。「年間五億円の赤字を垂れ流してるんですよ。当局からの指導もあって、いまはなにかと難しい状況なんです。なにしろ、御社には二十億もの連帯保証がありますから」

「そのロイヤルマリン下田が売れそうだったのに、話が流れたのは誰のせいなんだよ」

腹いせに崇が持ち出したのは、晋から聞いていた江幡の情報漏洩だ。ところが、頭の

ひとつでも下げて謝罪するかと思った江幡は、

「それはそれですから」

とあっけらかんといってのける。

「だったら、ロイヤルマリン下田の買い手探しはどうなったんだ」

カッとなった崇に、

「それはちょっと難しいですね。あの赤字ですし、そんなのちょっと考えればわかるでしょう、社長」

その見下した態度に、いまや崇の怒りは、音を立てて燃え上がった。

「あのな、江幡さん。ロイヤルマリン下田の赤字の原因の半分は、お宅の高金利だろう。それを引き下げることすら拒んだそうだな。あのホテルを潰すつもりか」

「潰すつもりなんかないですよ」

平然と江幡はこたえる。「ただ、ウチにはウチのルールがありまして。あそこまでリスクの高い融資になると、それぐらいもらわないと割が合わないんです」

「本業で赤字を出すのならわかる」

崇は主張した。「だが、銀行から借りてる金利が高すぎて赤字になるというのは納得できないな。金利をタダにしろとはいってない。せめて通常の水準にまで引き下げてくれといってるんだ」

話すうちにますます興奮し、崇は声を上擦らせた。だが、

「あれが、あのホテルの通常金利ですよ」

江幡は取り付く島もない。「そのぐらいのコストを吸収するのは当たり前だし、そういう計画だったから融資したんです。違いますか」

ふてぶてしく問い返され、崇は返答に窮した。

腹の底から込み上げた苦味に、思わず顔をしかめる。絶望の味がした。

「ひとつききたいんだが」

崇は、息苦しいまでの沈黙を破った。改まった口調だ。「ロイヤルマリン下田に今後資金需要ができたとき、それには応じてくれるのか」

江幡の、何を考えているのかわからない視線が崇を向く。

「さあ。それはそのときの状況次第ですよ」

「三友銀行は、オレたちのことをどう思ってるんだ。メーンバンクだろう。助けようと思ってるんじゃないのかよ」

「ちょっと前までは、企業と銀行が二人三脚で成長していくとかいわれてましたねえ」

江幡は懐かしむような口調でいった。「ところが、いまは違うんですよ、社長。銀行は銀行、会社は会社。銀行に甘えてもらっても困るんですよねえ」

「甘える？」

崇は問うた。「これが甘えだというのか、あんたは」

「いま銀行が助ける云々(うんぬん)って、おっしゃいませんでした」

しゃあしゃあと江幡はいった。「ウチは商売でカネを貸しているんですよ。ボランティアじゃない。リゾートホテルを経営しているのは、あなた方であって当行ではない。お金は出したんだから、計画通りやってくださいよ。ロイヤルマリン下田の現状は、あきらかな約束違反でしょう。なのに金利を下げろだなんだのって、勘違いされてると思いますよ」

「それは、あんたの意見か。それとも銀行の意見か」

「そんなの同じですよ」

江幡は凍て(い)つく荒野を吹きすさぶ風のような声で笑った。「文句があるのなら、ホテルを黒字にしてから承(うけたまわ)ります。この運転資金、二億円で書かせてもらいますから。一億はどこかで調達してください。そもそも、そういうところが甘いんですよねえ」

さも呆(あき)れたといわんばかりに江幡はいうと、聞こえよがしに盛大なため息をついたのであった。

「社長、どうしましょうか」

江幡を見送りにいった多賀が顔を真っ青にして戻ってきた。

った。

「一億、どこかで調達しないと」

崇は返事ができなかった。どうしていいかわからない。だが、逆にわかったこともあった。

三友銀行はもはや信頼に足る相手ではないということだ。助けてもらえる——それが甘えかどうかは別にして——相手でもない。

「有価証券があっただろう」

ようやく崇はひとつの答えを探し当てた。「あれを処分してくれ」

「あれはちょっと……」

多賀が渋った。「一億円を捻出しようとすると、相当な評価損が出てしまいます。それだけでも、赤字要因かと」

「他になにか方法があるのか」

経理部長を睨み付けて、崇はすごんだ。「資金繰りが最優先だ」

唇をぐっと結び、多賀は何事かを抑え込もうとする。だが、それでも抑えきれない言葉がついに洩れた。

「こんな資金繰りを続けていたらいつか破綻します。ロイヤルマリン下田をなんとかしない限り、無理ですよ。社長、なんとかしてください」

すがるようなそのひと言に、

「うるさい、黙れ！　そんなことはわかってるんだ！」

ついに崇は感情を爆発させた。

失礼しました、というひと言を残して多賀が退散していく。なんとかできるはずだという思いとは裏腹に、いまにも決壊しそうな勢いで不安と絶望が脹れあがっていく。ひとり社長室にいて、崇はそれを耐え、やり過ごさなければならなかった。

いま崇が立っているのは、経営の断崖絶壁以外の何物でもない。なんとかなるだろうという甘い考えはすでに粉々に砕け散った。もはや退路はどこにもない。

景気のせいかも知れない。友人であった紀田の悪意に騙されたのかも知れない。

だが、すべての責任を負うのは誰でもない、崇自身だ。

力なくデスクに両手をついて俯いたまま、どれだけの間そうしていただろうか。やがて、

「くそったれが！」

机上の決裁箱を壁に投げつけ、湯呑み茶碗を床に叩きつける。粉々に砕け散った破片を踏み付けた足で、力まかせに何度も机を蹴り上げた。ひとしきり暴れた崇は、やがて肩で息をして椅子にへたり込んだ。そして、机の真ん中にぽんと置かれた書類を凝視する。彬から渡された救済策だ。

そこに書かれた図解と解説は、いわば崇のプライドを粉々に打ち砕くものに他ならな

い。しかし――。

いま崇に求められているのは、そのプライドを捨てること以外の何物でもない。そして自らの負けを認める――。

携帯電話を取りだした崇は、やがて鳴りだしたコールに耳を澄ませ、彬が出るのを待った。

足下に強い陽射しが斜めに射し込んでいる。

携帯電話を耳に押し付けたまま窓を振り向いた崇は、その思いの外の眩しさに目を細めた。

6

その電話は、行内での打ち合わせを終えた山崎瑛が、自席に戻るのを見計らうようにしてかかってきた。

「東海郵船の階堂社長からです」

取り次いだカンナがどこか不安そうな目をしているのは、その一報の重要性を理解しているからだ。

「――こっちはまとまった」

電話に出た途端、彬がいった。「行内で話を進めてくれ」

「わかった。また連絡する」

短い電話を終えた瑛は、すでに書き上げている稟議書を手に取った。

「これに目を通して、問題がなければ捺印(なついん)してくれないか」

「これ――」

カンナの目が驚きに見開かれた。「もう稟議書をお書きになったんですか。いったい、いつの間に」

「稟議書の構成はすでに出来ていた。あとは所見をまとめるだけだ。それぐらいなら、たいして時間はかからない」

初めてみる、山崎瑛の勝負を賭けた稟議書だ。

しかも、カンナも牧野も、先日の階堂彬との面談以後、どんな内容の稟議になるのか聞かされていない。自席に戻り、早速、開いてみる。

――融資希望額百四十億円。

最初に視界に飛び込んできたその数字を見た途端、心臓を打つ音が聞こえた気がした。

本当に、やるつもりだ。しかし――。

所見を読み始めたカンナから、「えっ」、という小さな声が上がったのはその直後であった。

瑛による所見欄を貪り読む。そしていま——頬が紅潮し、息が上がるほどの興奮をカンナは禁じ得なかった。

この稟議、すごい——。

ちらりと一瞥した山崎瑛のデスクは、打ち合わせにでも出たのか空席だ。

添付された分析資料を開いたカンナは、そこでも思わず息を呑んだ。自分だって同じ会社の姿を見、そして数字を見ていたはずなのに、瑛の分析は緻密であり、解釈は創意に富んでいる。

東海郵船、東海商会、そして東海観光——この三社とはいったいなんであり、どうあるべきなのか。いままでいかに不本意な方向性に進み、結果、この現状が存在するのか。

そこに存在するのは、山崎瑛という傑出したバンカーの目から見たひとつの宇宙であった。

ミクロ的な分析からあらゆる方向性に放たれた論理の矢たち。それがアクロバチックでいながら疑問を差し挟む隙なく、あるべき必然性を帯びて結びつき、華麗で大胆な結論へと集約されていく。

全てを読み終えた後も、カンナはしばらくその稟議書から目を離すことができなかった。

呆然としたまま、自らの呼吸を頭のどこかで聞いている。

山崎瑛に関する様々な噂はもちろん、耳にしていた。新人研修で階堂彬と演じたドラマは、いまや新人研修で繰り返し聞かされる伝説だ。仕事の的確さ、判断の迅速さ、正確さ。それは日々、目の当たりにしていたからわかっている。わかっているが、これは——

次元が違う。

抽斗から印鑑を取り出したカンナは、震える手で所定の欄に捺印し、山崎瑛のデスクにそっと、戻した。

7

稟議書を抱えた瑛が部長室に入ると、不動は目を通していた書類から顔を上げ、無表情のままソファを指した。

東海郵船の融資案件について直接説明したいと申し入れたのは、瑛である。

不動もまた、通常の手続き通り稟議書を回付してこいとはいわなかった。

事務的な書類のやりとりではなく、直接、意見をぶつけ合うべき重い案件があるとすれば、本件はまさにそれに該当する——その点でふたりの認識は一致したことになる。

「それで？」

部長室にある応接セットで向かい合うや、余談もなくそれは始まった。

「先日ご報告した通り、東海商会の予想売却可能額は約五十億です。一方、東海商会がロイヤルマリン下田の借入に対して差し入れている連帯保証額は七十億で、三友からは連帯保証解除の条件として差額の二十億円を東海郵船に追加保証するよう申し入れがありました」

「受けるのか、その追加保証を」

不動はにこりともせず、瑛の目を直視する。

「いえ。断ります」

「当然だな」

不動がいった。その瞳の奥で回転する無数の歯車の音が聞こえるようだ。

「たしかに、追加保証は断るのがスジですが、同時に東海商会の売却が暗礁(あんしょう)に乗り上げます」

「三友のその判断は、ただの見せかけじゃないのか」

率直な疑問を、不動は呈した。「強く出て、あわよくば東海郵船の追加保証を得る。だが、実際に売却を決めてしまえば、それはそれで折れる。違うか」

「それは私も考えました。しかし、三友はいま身動きできません。理由は——大蔵省です」

不動はすっと息を吸い、目を細めた。銀行にとって、大蔵省は監督官庁であると同時に、いわば仮想敵に近い。

「企画部が摑んだ噂ですが、おそらく来月上旬、三友銀行に検査が入ります」

大蔵省銀行局の検査は抜き打ちが前提だが、そこは蛇の道である。大蔵省担当の探りでXデーは事前に洩れる。それもまた金融界の慣例だ。

「おそらく今回の検査で巨額の不良債権が計上されるのではないかと。中堅ゼネコンでの攻防がポイントになるはずです」

「抱えているからな、結構なところを」

三友銀行は倒産の噂すらある中堅ゼネコン数社の主力銀行で、いまやその融資がゼネコンの生殺与奪を握っている。

大蔵省検査では、取引先への融資が確実に回収されるのか否かが判断のポイントだ。回収に困難有りとなれば、不良債権予備軍に「分類」される。破綻が懸念される取引先になると、万が一の場合に備えて「貸倒引当金」という名の「費用」を計上しなければならない。相手の倒産によって出るであろう損失額を、予め計上しておくのである。これが銀行の収益を直撃する。

「この検査でおそらく、ロイヤルマリン下田も〝破綻懸念先〟とされると思われます」

もしそうなった場合、三友銀行は債権額の七十パーセントを貸倒引当金として計上しなければならなくなる。百四十億の七十パーセントだから約百億だ。

「だろうな」

不動は頷き、「東海商会もその時点で倒産か。売却どころではなくなるな。東海観光も連鎖でいくだろう」

的確な状況判断を見せる。

「問題は東海郵船です」

いよいよ本題が切り出された。「ロイヤルマリン下田が破綻すれば連帯保証債務の五十億を履行する必要があります。さらに東海商会および東海観光とも取引がありますから、そこでの売上減と貸し倒れ損失まで勘案すれば、本来得るべき利益と相殺しても五十億円を超える赤字になるでしょう」

「やむを得ないところだな」

不動は毅然としていった。「前社長のしたこととはいえ、身から出た錆だ」

「その通りです」

それは瑛も認めざるを得ない。言い訳が通用する状況ではないからだ。「ただ、実際には風評被害による売上減、さらに経営改善の遅れなどの影響によって、業績はさらに悪化すると思われます。そうなると、東海郵船も安泰とはいえません」

「安泰な会社など世の中のどこにある」

逆説的に、不動は否定してみせる。「そんな会社はどこにもない。規模の大小に拘(かか)わらず、このご時世、企業は常に存亡を賭けての戦いを強いられている。我々もまた同じだ。戦いである以上、負けることもあるんじゃないのか」

「それは否定しません。ですが、負けを回避できるのにあえて負けさせるのが得策だとは思いません。まだやり方はあります」

瑛はいい、手元の稟議書を不動の前に差し出した。

だが――一瞥をくれただけで、不動はそれを手に取らなかった。中味を読むまでもない――そう言いたいのかも知れない。

「ひとつ聞きたいんだがな、山崎」

椅子の背にもたれると、不動は改まった口調で問うてきた。「東海郵船グループが生き残れるかどうかの鍵は、ロイヤルマリン下田だろう。果たしてこのリゾートホテルを救済できるのかどうか。だが、私の経験からいってバブル期に設立し、過去七年間に亘(わた)って計画を大幅に乖離(かいり)して赤字を垂れ流してきたホテルを再建するのは、ほとんど不可能だ。唯一の可能性があるとすれば、一旦、潰して再生する。それしかない」

「それでは、東海郵船グループは救えません」

瑛は強い口調で返した。「東海商会と東海観光の社員とその家族が路頭に迷うことになる。もしかすると、東海郵船もそれに続く可能性があります。しかもその可能性はそれほど低いものではありません」

「それで三友銀行の融資を肩代わりしようというのか」

切りつけるような鋭い視線とともに、不動がきいた。「三友銀行の乱脈融資の尻を拭いてやるのか、当行が」

「ある意味、おっしゃる通りです」

瑛は認めた。「リゾートホテルに進出したのは、完全な経営判断ミスでした。それに便乗し、設立後まもないホテルに当初九十億円、最終的に百四十億円もの融資を実行した三友銀行のスタンスは容認できるものではありません」

「しかもその取引先は、当行の忠告を無視した挙げ句、去って行った連中たちだ」

不動は重要な一事を付け加えるのを忘れなかった。「彼らは三友銀行に運命を託したんだ。それもまた経営判断だろう。その責任は取らねばならん」

「ですが、これには東海郵船が絡んでいます」

瑛はいった。「東海郵船とは、メーンバンクとしての長い取引があります。東海商会も東海観光も独立する前は同じひとつの会社の一部門でした。当行と袂を分かつことになった経緯も、経済合理性というよりはむしろ、兄弟である経営者同士のしがらみや軋櫟が根底にあったと思われます。ですが、それももう過去のことです。東海郵船一社だけがなんとか生き残ればそれでいいという発想では、同社が直面しているこの難局を切り抜けることはできません」

「それがロイヤルマリン下田に融資する理由になるのか」

不動は険のある声でいうと、「あんなリゾートが復活できるはずがない」、そうはっきりと切り捨てた。

「いえ、当行なら救済できます」

真っ向から主張した瑛に、このとき不動が見せたのは怒りだけではなかった。

それはある種の——そう、疑問だ。

「なぜそこまでこだわる」

その問いかけは、間髪をいれず不動の口からこぼれ出た。「東海郵船だけならまだわかる。東海商会だの東海観光だのリゾートホテルだの——三友銀行にまかせておけばいいじゃないか。彼らがそれを選んだんだ。ウチじゃない。ウチがそこまでやってやる理由がどこにある。なんでお前はそんなところまで救済しようとする」

「それは——」

何かが瑛の目の奥で動き、心の機微を映したかのように微細に揺れ動いた。「それこそが、私が銀行にいる理由だからです」

思いがけない言葉に戸惑ったのか、驚いたように片眉を動かした不動は、黙って先を促す。

「私の父は、かつて会社を潰したことがあります」

瑛はおもむろに続けた。重い記憶の扉をこじ開けるような気分だ。たちまち、苦々しいものが胸一杯に広がっていくのがわかる。「私が小学校五年生で、妹はまだ保育園の年長組でした。あのとき、父は家族と会社、従業員を守るために、必死でした。いまでも銀行の支店長に夫婦そろって融資を頼み込んでいる姿は忘れられません。銀行からすれば、救う価値のないほどちっぽけな会社だったかも知れません。でも、そんな会社だって、大切なものを守って存在しています。従業員とその家族の生活、そして将来です。あのときの体験がそれを教えてくれました。青臭いと思われるかも知れませんが、私は、救える者であれば全力で救いたい。そう思っています。会社にカネを貸すのではなく、人に貸す。これはそのための稟議です」

不動は、しばらく瑛を見つめたまま押し黙った。

それから、やおらテーブルの上の稟議書に手を伸ばすと、中味を読み始める。

不動がページを捲るだけの乾いた音を聞きながら瑛は、突如心の中に出現した記憶の回廊を彷徨っていた。

父が大事にしていた工場と機械。優しかったヤスさん。ミカン畑の急峻な斜面と向こうに見える黒く光る海——。

取引先に顔を下げ続ける父。粘土細工を持たせてくれたキンカク、窓から手を振って見送ってくれた級友たち。瑛を連れ、千春の手をひいて歩く母の蒼ざめた表情。瑛たちの乗った車を追いかけてくるチビ。磐田へ向かう列車の心細さ。祖父母と伯父伯母に迎えられたときの安堵。居間で父と話し合う磐田銀行の工藤の真剣な眼差し。「お前は大学へ行け」、そういったときの父の表情——。記憶は無秩序に混ざり合い、折り重なりながら湧き上がるようにして、瑛の胸を一杯にしてしまう。

なぜ、自分はここにいるのか。

なぜ、自分は銀行員なのか。

なぜ、人を救おうとするのか。

だが——瑛は分かっている。いま瑛が救おうとしているのは、見知らぬ大勢の人と家族でありながら実は、瑛自身なのだと。

彼らを救うことで、本当に救われるのは、自分なのだと——。

そのとき、稟議書の最後の一ページを読み終えた不動の目が上がり、過去へ飛んでいた瑛の意識を再び現実へと引き戻した。

「ロイヤルマリン下田を再建するための大きな問題点はふたつあります」

瑛は、稟議の具体的な内容に言及した。「ひとつは経営戦略の問題、もうひとつは財務の問題です。後者については借り換えによる金利低減によって劇的に改善することができます。現状のロイヤルマリン下田は年間約五億円の赤字を計上していますが、数年以内に黒字化するでしょう」

再建のための経営戦略については、ホテル経営に関しては絶対的なノウハウのあるゴールドベルクの三原のお墨付きだ。

不動の針のような視線が瑛に向けられている。

「お読みいただいた通り、ロイヤルマリン下田には融資をしません」

その目に向かって、瑛はいった。「当行が融資する相手は、あくまで東海郵船です」

すっと不動が息を呑んだ。

この巨額の稟議案件を斟酌（しんしゃく）し、妥当性を判断している。

「まず、東海郵船に百四十億円を融資します」

瑛は続けた。「同社はそれを全額ロイヤルマリン下田に出資し、三友銀行からの借入金を返済し、同行との取引を解消させます。この時点で同ホテルは年間数億円の金利負担から解放されます。同時に、赤字のホテルに配当を期待することはできないので、資本コストはほぼゼロになり、新経営戦略の立ち上げとともに損益は一気に些少（さしょう）の赤字程度まで改善されます」

不動は無言のままだ。「ただし、この三友銀行の肩代わりについては条件があります。

ロイヤルマリン下田の借入に関しては、東海商会は七十億円、東海観光は二十億円の連帯保証を三友銀行に差し入れていました。この時点で両社の連帯保証債務が解消することになるわけですが、それと引き換えに、東海商会、東海観光は、全株を東海郵船に譲渡します。ロイヤルマリン下田はもともと東海商会の百パーセント子会社ですから、これで関連会社のすべてが東海郵船の傘下に入ることになるわけです」

「それを了承したのか、両社の社長は」

やがて、不動が静かに問うた。

「最終的な了承を得ました。本日中に、東海郵船との間で書面での合意書を締結します。ここまでが第一段階だとご理解ください」

腕組みをしたまま低い唸（うな）り声が発せられたが、言葉にはならなかった。

「第二段階は、東海郵船の傘下企業となった東海商会の大日麦酒への売却です。条件についてはすでに詰められており、売買金額は五十億円になる見込みです。売却と同時にその金額を当行に返済。本件にかかる東海郵船への融資額は百四十億円から九十億円に減額されます。その金額は、東海郵船の財務内容を勘案すれば十分に許容範囲内だと考えます。さらに——」

瑛は稟議書を開き、そこにあった新たな図面を指した。「東海商会を売却するときの条件として、東海商会にからむ海運を東海郵船で独占する旨の条件を含めることで大筋同意しております。当初の取引金額は年間数億円程度ですが、将来的には収益の柱に育つことが期待できますし、その可能性は十分にあります。残る東海観光ですが、こちらは本社を東海郵船ビルへ移転する他、事務部門を統合することで年間一億円程度の経費節減が期待できます。以上について、詳細な分析資料などとともにまとめました。ご承認を賜りたい」

不動は、ソファにおさまったまま黙考している。

実際には数分のことだったかも知れないが、瑛にはそれが永遠にも思えるほど長く感じられた。そしていま——。

つと立ち上がった不動は、稟議書を持って自分のデスクまで行ったかと思うと、その場で承認欄に捺印し、それを決裁箱に放り込んだ。そして瑛を見て、

「いい稟議だった」

そうひと言、告げる。

「ありがとうございます」

礼をいって立ち上がった瑛に、「おい、山崎——」、不動が声を掛けた。

「お前のその経験、決して無駄じゃなかったと思う」

刹那驚いたように目を見開いた瑛は、静かに一礼しその部屋を出た。

8

「綺麗だよ。ねえ、見て」

　都内の自宅から二時間少々のドライブだった。厚木から南下した道路が海沿いの道に入った途端、助手席の亜衣がいい、眩しそうに目を細める。

「ああ、わかってる」

　前を見ながら瑛はいい、ルームミラーで後部座席を一瞥した。チャイルドシートで眠りこけているのは、今年二歳になったばかりの長男と、生まれたばかりの長女だ。

　遊びがてらロイヤルマリン下田のその後を見に来てくれ。春の下田は素晴らしいから、ぜひ家族で——。

　階堂彬からそんな誘いを受けたのは先月のことだった。

　東海郵船に百四十億円の融資を実行してから、五年が経っている。

　大日麦酒に買収された東海商会は、新素材の扱いによって飛躍的に売上げを伸ばし、売上規模はこの三年で倍近くにまで急進する成長企業になった。それによって、東海郵船の荷扱いも増え、いまや同社は、東海郵船の主要取引先の一社である。

東海郵船の傘下に入った東海観光は、崇が会長に退き、いまは龍馬が社長を務めている。

こちらの成長はゆっくりだが、その分堅実だ。派手さはないが増収増益。挫折を経た龍馬は、経営者として一皮むけた感があった。

当初リストラ費用などで赤字を計上したロイヤルマリン下田が黒字化したのは、三友銀行からの融資を返済した二年後のことであった。今年、ホテル経営に一日の長があるゴールドベルクをアドバイザーに加え、新たな中期計画でさらなる飛躍を遂げようとしている。

海岸沿いの道は片側一車線で曲がりくねり、ときに岩をくりぬいたトンネルを通る。

「ちょっと寄り道して行きたいんだけど」

瑛がいうと、亜衣は少し驚いた顔をしただけで行き先はきかなかった。

前方の信号でウィンカーを出して右折すると里川の流れに沿って続く道に変わる。民家がちらほらと見え、片側にミカン畑が連なる一本道だ。その道はやがて里川を離れると曲線を描きながら急な上りになり、両側をミカン畑に挟まれて道幅を狭める。ついいましがたまで海岸沿いで海を横目に走っていたのに、フロントガラスから見えるのは急峻(きゅうしゅん)な山肌とその上に広がる霞(かす)みがかかった春の空だ。

ここに来るのは何年ぶりだろう。

ハンドルを握る瑛の脳裏にあの頃の記憶が蘇ってくる。対向車が来たらすれ違うのに苦労しそうな道をさらに行くと、そこだけ唐突に開けた土地に出た。

「ああ、ここだ」

瑛はいい、子供たちを残したままエンジンを止めて車外に出た。

穏やかな早春の陽射しに、まだ冷たさの残る風が首筋を撫でていく。

亜衣と一緒に、雑草の生い茂る土地へ足を踏み入れると、そこには瑛が予想していたものは何もなかった。廃墟と化した工場も、住んでいた家の形跡も——。

かつてそこにあったものは消え失せ、すべては自然に戻ってしまったかのようだ。

「ここに、ぼくの家があったんだ」

信じられないという亜衣の顔が瑛を振り向いた。それはそうだ。かつて工場があった場所には近隣の農家が建てたらしい作業小屋がぽつんと建っているだけだ。その向こうにあったはずの二階建ての自宅はとっくに取り壊され、いまその場所は雑草の覆う草むらになっている。

「きれいな眺めだね」

眼下を見下ろせる開けた場所に立った亜衣がいった。「海がきれい。これを毎日、見て暮らしてたんだ」

「これがぼくの原風景だ」

段々に続くミカン畑の急峻な斜面と、その向こうで無数の光を反射させている春の海。目を閉じると、音が聞こえる気がする。プレス機がたてる規則的な音、そして油の匂い——。静かに埃の舞う工場の佇まい。

あれから二十年以上の月日が経ち、瑛はふたたび、この場所に戻ってきた。そしていま、あの時と変わらぬ光景をこうして見ている。

いままで、伊豆に来ることがあっても、この場所に来ることはなかった。父の工場や自分の家が、廃墟となり朽ち果てているのを見たくなかったからだ。同時に、あの頃の悲しい記憶が蘇るのを怖れていたからでもある。または、幼い頃の経験を——宿命を背負いながら生きている自分を意識するのを避けたかっただけかも知れない。

だがいま、瑛はようやく、自分の原点ともいえるこの場所に再び立つことができた。悲しさと懐かしさの入り混じる記憶の中に身を置くことができた。

「ぼくは、ここに戻ってきたんだな」

瑛の心の中に沈んでいた重石が、いつのまにか取り除かれている。

何の変哲もないこの場所だが、ここには瑛にしか見えない記憶の光景がある。この場所は、過去と現在をつないでくれる。そして、自分という存在の意味について気づかせてくれる。

幼いころの君は、どんな音を聴いていた？

幼いころの君は、どんな匂いを嗅（か）いでいた？

その答えのすべてが――ここにある。

解説——圧巻にして極上、池井戸潤は新たなる次元へ

村上貴史

■アキラとあきら

二〇一七年のことだった。

それまで、池井戸潤のファンにとって〝幻の長篇〟であった小説が、突然目の前に姿を現した。

『アキラとあきら』である。

この小説は二〇〇六年から二〇〇九年にかけて『問題小説』に連載されていたが、その後、そのまま長らく書籍化されずにいた。いったいどんな物語なのか、中身をまるで想像させないタイトルのみが伝えられており、実際に雑誌で読んだ方はともかくとして、そうでない池井戸ファンの方々は、いつ読めるのか、はたして読める日が来るのかとずっと気にしていたことだろう。

どれほど待望されていたかは、一七年の五月に刊行された『アキラとあきら』が、六

月には既に五〇万部を突破したことで明々白々である。とにかく皆が待望していたのだ。

という具合に、『アキラとあきら』が書籍として世に現れたことだけでも、まずは嬉しいのだが、さらに物語の構造が、従来の池井戸潤にはなかったスタイルである点が新鮮で、なお嬉しくなる。そしてそれ以上でもある。小説としてとにかく素晴らしい出来映えなのだ。それこそ、池井戸潤という作家名を伏せて発表したとしても万人に支持されるであろうというほどに、魅力的なのである。

つまりファンにとってはトリプルボーナスのような一冊だったのだ。

■瑛と彬

瑛と彬。

同じアキラという音の名前を持つ二人は、ともに社長の息子として育った。

だが、その境遇には大きな違いがあった。

山崎瑛は、伊豆は河津の零細工場の経営者の息子であり、階堂彬は、日本の海運業の一翼を担う東海郵船社長の息子であった。

瑛が小学生のころに父の工場は倒産し、母方の祖父の家に夜逃げ同然に転がり込むことになる。

彬は東海郵船を大きく育てた祖父や、その後継者として会社を力強く率いる父の下で恵まれた日々を送りつつ、その己の運命に子供ながら嫌悪感を抱いて育った。

小学校のころに一度だけかすかに接した二人のアキラ、彼等の人生の三〇年を、小学生時代を起点に描いた長篇小説が、池井戸潤の新作『アキラとあきら』である。

まずは三〇年という年月を丹念に語るスタイルが、池井戸潤としては新鮮だ。『BT'63』（二〇〇三年）で、主人公に過去と現在を行き来させながら長い時間の物語を描いたことはあったが、今回は順を追って瑛と彬の歩みを一歩ずつ語っており、読み味はまったく別物だ。そしてその連続した三〇年という時間を丹念に語るには、やはり原稿用紙にして約一〇〇〇枚のボリュームを必要としたのだろう。確かに枚数はあるが、いやはや、エピソードの一つ一つが印象深く、圧巻の読み応えである。ちなみに、二人は六三年前後の生まれ（池井戸潤も六三年生まれだ）。その彼等が小学校高学年（十一歳頃）になってからの物語なので、一九七〇年代前半から二〇〇〇年代前半にかけての時間が、この小説の中では流れていることになる。つまり、オイルショックからバブル期、失われた一〇年、さらには二一世紀という時代が、瑛と彬の三〇年の背景となっているのである。

ちなみに刊行当時の『読楽』のインタビューによれば、〝デビュー時から書いてきた銀行小説の集大成にしようと、主人公たちが銀行員になる以前から書き始めた〟とのこと。小学生のアキラとあきらが登場する裏側には、こうした想いがあったのだ。

瑛と彬という二人を対等に描く点もまた、池井戸作品では新鮮だ。コンビで活躍する例は、指宿修平とその部下の唐木怜（〇二年の『銀行総務特命』）や花咲舞と上司の相馬健（〇四年の『不祥事』）などで例があったが、独立した二人が同じ比重で描かれている例は珍しい（強いていえば総理大臣とその息子を奇想天外に描いた一〇年の『民王』か）。

二人の主人公という図式は、単にスタイルとして新鮮なだけではない。半沢直樹や花咲舞など、抜群の存在感を備えた主人公で物語を牽引してきた池井戸潤が、対等な二人を主人公に据え、彼等を徹底的に造形して生み出したわけであり、つまりは二倍の牽引力を備えた物語なのだ。故にとてつもなく強靱である。瑛が逆境の中から立ち上がり、そして有能さを開花させていく姿、あるいは彬が裕福な家の跡取りという運命に翻弄されながらも、決してボンボンに堕することなく、しっかりと社会人／企業人として生きていく姿で読ませ、さらに、彼等の人生が交差する様で読ませる。つまり、アキラ個人とあきら個人にそれぞれの物語があり、そしてさらに、アキラとあきらが二人で生み出す物語があるということだ。この『アキラとあきら』は、三つのそれぞれに強靱な物語が、それこそ三位一体となった小説であり、まさに極上の読書体験を提供してくれるのである。

なかでも瑛と彬の人生が交差する場面のインパクトは特筆に値する。それぞれの立場や視点で問題を捉え、その解決に必死になるだけに、読者としては、彼等が立ち向かう問題を立体的に把握することになる。従って奮闘や解決案も立体的に浮かび上がり、物語が躍動するのだ。読者はもう、本書を手放せなくなるのである。

それを象徴するのが、二人の就職直後のエピソードだ。瑛と彬は、ある共通する問題に全く異なる立場から挑むのだが、先制攻撃が抜群なら逆襲も抜群。問題の仕掛け人すら舌を巻く攻防であった。そしてこの攻防を通じて読者は瑛と彬の才能を再認識し、さらに物語の後半を支える基本的な人間関係を実感することになるのである。

そうした才能の持ち主である瑛と彬は、就職後、バブルの絶頂期やその後を経験してさらに成長していく。そんな彼等——才能があり、さらに驕（おご）ることなく研鑽（けんさん）を重ねて成長した彼等——ですら、深く苦悩せざるを得ない危機が、物語の後半に待ち受けている（その芽は物語の前半から存在しており、つまりは根深い問題なのである）。そうした状況に置かれた彼等が、いかに知恵を絞り、いかに心を配り、そして危機を乗り越えていくか。敵失を待つわけにもいかず、むしろ身内に足を引っ張られることすらあるなかでの瑛と彬の奮闘。まさに一〇〇〇枚の長篇小説に相応（ふさわ）しいクライマックスである。

そうした危機との闘いに代表されるように、これまでの池井戸作品の読者が抱く期待も、本書はもちろん満たしてくれる。半沢直樹が所属する産業中央銀行が登場するという類いの期待だけでなく、私利私欲や保身に固まった面々と、理想と正論と機知で闘う主人公という構図も熱いし、主人公の決断の勇気も堪能することが出来る。むしろ作品全体のスケールが大きいだけに、いつも以上に強くそれらを味わえるとさえいえる。従来と同じ観点でも、一レベル上の満足を得られるのだ。

一〇〇〇枚を引っ張る彼等二人の描き方もまた、巧みだ。俯瞰（ふかん）して語ることもあれば、関係者の視点を通じて描写することもある。関係者とは、例えば銀行の採用担当者だったり、あるいは後輩行員だったり、だ。小学生から高校生、新米社会人、中堅実力派、さらにはより重要な役職と、様々に立場を変えていく瑛と彬を描く上で、この視点の置き方もまた適切であった。各年代での二人のひととなりがくっきりと浮き上がるのだ。同時にこの描き方はまた、重要な脇役にも息吹を与えることができる。そしてその息吹は副次的な効果となって、思わぬところでの思わぬ人物との再会を愉（たの）しませてくれたりもするのだ（登場人物にとっての思わぬ再会もあれば、読者にとってのそれもある）。最終章のラストでの企（たくら）みも含め、これもまた大きな物語を読む喜びといえよう。

なお、前述のインタビューでは、一五〇〇枚ほどあった雑誌掲載原稿につき、後半部分をほぼ新たに書き直し、さらに推敲（すいこう）を重ねて一〇〇〇枚に絞ったという。なので、雑誌で読まれた方も、書籍版で新たに愉しんで戴けるはずだ。

『アキラとあきら』——二人の主人公という設定が、三〇年の物語という枠組みと鮮やかに融合した一作である。二人の長い年月を語ることで家族や経済活動といった様々な関係での人と人の繋がりを描き、そして読者の胸に深く深く響く物語となった。池井戸潤は、この『アキラとあきら』によって、新たなる次元へと到達したのである。

■潤と潤

さて、この『アキラとあきら』は、池井戸潤にとって一〇ヶ月ぶりの新作であった。老舗の足袋製造会社の新たな挑戦を描いた『陸王』(一六年七月刊行)以来の新作だ。だが実態は冒頭に記したように、『陸王』よりも『民王』よりも、さらにいえば『鉄の骨』(〇九年)で吉川英治文学新人賞を一〇年に受賞するよりも、そしてあの直木賞受賞作『下町ロケット』(一〇年)よりも、前に書かれた作品なのである。

池井戸潤が本書を雑誌に連載していた〇六年から〇九年という時期は、『鉄の骨』『下町ロケット』で賞を受賞する前であり、また、『オレたちバブル入行組』(〇四年)『オレたち花のバブル組』(〇八年)がTVドラマ『半沢直樹』によって大ベストセラーになる前でもある。

一方で、池井戸潤が小説の書き方を人物重視に変えるきっかけとなった『シャイロックの子供たち』(〇六年)よりは、後の時期である。

つまり『アキラとあきら』は、新たな書き方に目覚めた池井戸潤が雑誌に執筆し、それを人気作家になった池井戸潤が一冊の本として磨き上げた作品なのである。充実した小説に仕上がったのは必然といえよう。

ちなみに池井戸潤の新作がいきなり文庫で刊行されるのは、『アキラとあきら』で三度目のこと。過去に、短篇集『かばん屋の相続』（一一年）と長篇サスペンス『ようこそ、わが家へ』（一三年）が文庫オリジナルで刊行された例があるだけだった。

文庫オリジナルの前例『ようこそ、わが家へ』もTVドラマ化されて人気を博したが、この『アキラとあきら』もドラマ化された。一七年の七月から九月にかけて、向井理と斎藤工の主演で全九話でWOWOWにて放送されたのだ。池井戸潤の作品は過去にも『空飛ぶタイヤ』『下町ロケット』『株価暴落』などがWOWOWでドラマ化されており、なかでも『空飛ぶタイヤ』は、第二六回ATP賞テレビグランプリのグランプリをはじめとしていくつもの賞を受賞するなど高く評価されてきた。そしてこの『アキラとあきら』も、第三四回ATP賞テレビグランプリでグランプリとドラマ部門最優秀賞に輝いたのである。DVDやブルーレイ、あるいは動画配信サービスなどで観ることができるので、まだ観ていないという方は是非どうぞ。俳優陣も贅沢だが、階堂邸をはじめとする舞台装置もなかなかに豪華で愉しめる。

ドラマ化との関連で言えば、『ノーサイド・ゲーム』（一九年）についても触れておきたい。ラグビーの社会人チームを題材にした小説で、六月に刊行され、七月から九月まで連続ドラマとして放送された。そして、この『ノーサイド・ゲーム』という小説及びドラマが、ある種の地ならしをしたようなタイミングでやってきたのが、そう、ラグビーワールドカップ二〇一九である。驚異的な人気を獲得したこの大会の成功とともに、二〇一九年の思い出として、『ノーサイド・ゲーム』は忘れがたい一冊となった。

そして勿論（もちろん）、『半沢直樹』だ。新型コロナの影響で当初の予定よりは遅くなったが、本年（二〇二〇年）七月から、『半沢直樹3　ロスジェネの逆襲』『半沢直樹4　銀翼のイカロス』（いずれも講談社文庫版の題名。単行本と電子書籍はダイヤモンド社から『ロスジェネの逆襲』『銀翼のイカロス』というタイトルで刊行されている）を原作とするドラマの放送が始まる。こちらもまた待望のドラマであり、多くの視聴者を惹（ひ）きつけるであろう。ちなみに今年はＷＯＷＯＷで『鉄の骨』もドラマ化されており、池井戸潤原作のドラマ同士が賞を争うようなことになるのかもしれない。それはそれで愉しみだ。

さて、本稿執筆時点で池井戸潤の小説としては、『ノーサイド・ゲーム』が最新作となる。二〇二〇年には、まだ一つも著作が発表されていない。だが、そう。そうである。ご存じの通り、九月には《半沢直樹》シリーズの第五弾、『半沢直樹　アルルカンと道化師』が刊行されるのだ。シリーズ第一作の前日譚（ぜんじつたん）とのことで、浅野支店長をはじめとする馴染（なじ）みの顔ぶれも登場するという。ワクワクの極みである。

「映画化決定」というこれまた刺激的な帯をまとった集英社文庫版の『アキラとあきら』を読みつつ、TVドラマ『半沢直樹』を観つつ、新作を待つ。二〇二〇年の夏は、そんなふうに過ごしてみてはいかがだろうか。

（むらかみ・たかし　書評家）

本書は、二〇一七年五月、徳間文庫より刊行された『アキラとあきら』を、上下二巻として再編集しました。

初出 「問題小説」二〇〇六年十二月号～二〇〇九年四月号

※この作品はフィクションであり、実在の個人・団体・事件などとは一切関係ありません。

池井戸潤の本

七つの会議

ありふれた中堅メーカーでパワハラ事件の不可解な人事をきっかけに、次々と明らかになる会社の秘密。会社とは何か、働くとは何かに迫る全国民必読の傑作クライム・ノベル。

集英社文庫

池井戸潤の本

陸王

資金繰りに頭を悩ませる足袋業者こはぜ屋が、会社存続を懸けてランニングシューズ開発に挑む！　数々の困難が待ち受ける中、零細企業が伝統と情熱、仲間との絆で立ち向かう。

集英社文庫

集英社文庫　目録（日本文学）

安東能明　伏流捜査
伊岡瞬　悪寒
伊岡瞬　不審者
井形慶子　運命をかえる言葉の力
井形慶子　英国式スピリチュアルな暮らし方
井形慶子　イギリス人の格　「今日できること」からはじめる生き方
井形慶子　日本人の背中　欧米人はどこに惹かれ、何に驚くのか
井形慶子　好きなのに淋しいのはなぜ
井形慶子　ロンドン生活はじめ！　50歳からの家づくりと仕事
井形慶子　イギリス流 輝く年の重ね方
池寒魚　隠密絵師事件帖
池寒魚　ひとだま　隠密絵師事件帖
池寒魚　赤心　隠密絵師事件帖
池寒魚　いきづまり　隠密絵師事件帖
池寒魚　画鬼と娘　明治絵師素描
池井戸潤　七つの会議
池井戸潤　陸王
池井戸潤　アキラとあきら(上)(下)
池内紀　ゲーテさん こんばんは
池内紀　作家の生きかた
池内紀　二列目の人生　隠れた異才たち
池上彰　これが「週刊こどもニュース」だ
池上彰　そうだったのか！ 現代史
池上彰　そうだったのか！ 現代史 パート2
池上彰　そうだったのか！ 日本現代史
池上彰　そうだったのか！ アメリカ
池上彰　そうだったのか！ 中国
池上彰　池上彰の大衝突　終わらない巨大国家の対立
池上彰　海外で恥をかかない世界の新常識
池上彰　池上彰の講義の時間　高校生からわかるイスラム世界
池上彰　池上彰の講義の時間　高校生からわかる原子力
池上彰　池上彰の講義の時間　高校生からわかる「資本論」
池上彰　そうだったのか！ 朝鮮半島
池上彰　これが「日本の民主主義」！
池上彰　君たちの日本国憲法
池澤夏樹 写真・芝田満之　カイマナヒラの家
池澤夏樹　憲法なんて知らないよ
池澤夏樹　パレオマニア　大英博物館からの13の旅
池澤夏樹　異国の客
池澤夏樹　叡智の断片
池澤夏樹　セーヌの川辺
池田理代子　ベルサイユのばら全五巻
池田理代子　オルフェウスの窓全九巻
池永陽　走るジイサン
池永陽　ひらひら
池永陽　コンビニ・ララバイ
池永陽　でいごの花の下に
池永陽　水のなかの螢

集英社文庫　目録（日本文学）

池永陽　青葉のごとく　会津純真篇
池永陽　北の麦酒（ビール）ザムライ　日本初に挑戦した薩摩藩士
池永陽　下町やぶさか診療所
池永陽　いのちの約束　下町やぶさか診療所
池永陽　沖縄から来た娘　下町やぶさか診療所
池波正太郎　スパイ武士道
池波正太郎　天城峠
池波正太郎・選　日本ペンクラブ編　捕物小説名作選　一
池波正太郎・選　日本ペンクラブ編　捕物小説名作選　二
池波正太郎　幕末遊撃隊
池波正太郎　江戸前　通の歳時記
池波正太郎　鬼平梅安　江戸暮らし
伊坂幸太郎　終末のフール
伊坂幸太郎　仙台ぐらし
伊坂幸太郎　残り全部バケーション
いしいしんじ　よはひ

石川恭三　心に残る患者の話
石川恭三　定年の身じたく　生涯青春！をめざす医師からの提案
石川恭三　生へのアンコール
石川恭三　医者が見つめた老（い）いを生きるということ
石川恭三　医者いらずの本
石川恭三　定年ちょっといい話　閑中忙あり
石川恭三　50代からの男の体にズバッと効く本
石川直樹　全ての装備を知恵に置き換えること
石川直樹　最後の冒険家
石倉昇　ヒカルの碁勝利学
石田衣良　エンジェル
石田衣良　娼（しょう）年（ねん）
石田衣良　スローグッドバイ
石田衣良　1ポンドの悲しみ
石田衣良　愛がいない部屋
石田衣良　空は、今日も、青いか？

石田衣良他　恋のトビラ　好き、やっぱり好き。
石田衣良　答えはひとつじゃないけれど　石田衣良の人生相談室
石田衣良　逝（せい）年（ねん）
石田衣良　傷つきやすくなった世界で
石田衣良　REVERSEリバース
石田衣良　坂の下の湖
石田衣良　北斗　ある殺人者の回心
石田衣良　オネスティ
石田衣良　爽（そう）年（ねん）
石田雄太　桑田真澄　ピッチャーズ　バイブル
石田雄太　イチローイズム
伊集院静　むかい風
伊集院静　機関車先生
伊集院静　宙ぶらん
伊集院静　いねむり先生
伊集院静　愚者よ、お前がいなくなって淋しくてたまらない

集英社文庫　目録（日本文学）

伊集院静　琥珀の夢 小説 鳥井信治郎(上)(下)
泉　鏡花　高野聖（こうやひじり）
泉ゆたか　雨あがり　お江戸縁切り帖
泉ゆたか　幼なじみ　お江戸縁切り帖
泉ゆたか　恋ごろも　お江戸縁切り帖
伊勢崎賢治
布施祐仁　文庫増補版 主権なき平和国家 地位協定の国際比較からみる日本の姿
一条ゆかり　実戦！恋愛倶楽部
一条ゆかり　正しい欲望のススメ
一田和樹　天才ハッカー安部響子と五分間の相棒
一田和樹　女子高生ハッカー鈴木沙穂梨と0.02ミリの冒険
一田和樹　内通と破滅と僕の恋人 珈琲店ブラックスノウのサイバー事件簿
一田和樹　原発サイバートラップ
一田和樹　天才ハッカー安部響子と2,048人の犯罪者たち
一田和樹　最新！　世界の常識検定
五木寛之　こころ・と・からだ
五木寛之　雨の日には車をみがいて

五木寛之　不安の力
五木寛之　新版 生きるヒント1 自分を発見するための12のレッスン
五木寛之　新版 生きるヒント2 今日を生きるための12のレッスン
五木寛之　新版 生きるヒント3 癒しの力を得るための12のレッスン
五木寛之　新版 生きるヒント4 ほんとうの自分を探すための12のレッスン
五木寛之　新版 生きるヒント5 人生にときめくための12のレッスン
五木寛之　歌の旅びと　ぶらり歌旅、お国旅 東日本・北陸編
五木寛之　歌の旅びと　ぶらり歌旅、お国旅 西日本・沖縄編
伊東　乾　さよなら、サイレント・ネイビー 地下鉄に乗った同級生
伊藤左千夫　野菊の墓
伊東　潤　真実の航跡
いとうせいこう　鼻に挟み撃ち
いとうせいこう　小説禁止令に賛同する
絲山秋子　ダーティ・ワーク
井戸まさえ　無戸籍の日本人
乾　ルカ　六月の輝き

乾　緑郎　思い出は満たされないまま
犬飼六岐　青藍の峠 幕末疾走録
井上荒野　森のなかのママ
井上荒野　ベーコン
井上荒野　そこへ行くな
井上荒野　夢のなかの魚屋の地図
井上荒野　綴られる愛人
いのうえさきこ　圧縮（ぎゅぎゅっと）！　西郷どん
井上ひさし　ある八重子物語
井上ひさし　不忠臣蔵
井上麻矢　夜中の電話 父・井上ひさし最後の言葉
井上光晴　明日 一九四五年八月八日・長崎
井上夢人　あくむ
井上夢人　パワー・オフ
井上夢人　風が吹いたら桶屋がもうかる
井上夢人　the TEAM ザ・チーム

集英社文庫

アキラとあきら 下(げ)

2020年 8 月25日　第 1 刷
2022年 8 月 8 日　第 7 刷

定価はカバーに表示してあります。

著　者　池井戸(いけいど)　潤(じゅん)

発行者　徳永　真

発行所　株式会社　集英社
東京都千代田区一ツ橋 2-5-10　〒101-8050
電話　【編集部】03-3230-6095
【読者係】03-3230-6080
【販売部】03-3230-6393（書店専用）

印　刷　凸版印刷株式会社

製　本　凸版印刷株式会社

フォーマットデザイン　アリヤマデザインストア　　マークデザイン　居山浩二

ISBN978-4-08-744143-7 C0193